PRÉFECTURE DE LA SEINE

DIRECTION DES AFFAIRES MUNICIPALES

BUREAU DES CIMETIÈRES

NOTES

SUR LES

Cimetières de la Ville de Paris

PARIS

TYPOGRAPHIE ET LITHOGRAPHIE A. MAULDE ET Cie

144, RUE DE RIVOLI, 144

1889

PRÉFECTURE DE LA SEINE

DIRECTION DES AFFAIRES MUNICIPALES

BUREAU DES CIMETIÈRES

NOTES

SUR LES

Cimetières de la Ville de Paris

PARIS

TYPOGRAPHIE ET LITHOGRAPHIE A. MAULDE ET Cie

144, RUE DE RIVOLI, 144

1889

DIRECTION DES AFFAIRES MUNICIPALES

M. A. MENANT, Sous-Directeur, chargé de la Direction

2ME DIVISION

M. Henri LE ROUX, Chef de Division

2ME BUREAU

M. Charles CAFFORT, Chef de Bureau

Les recherches et la rédaction de ces notes sont dues, pour la plus grande partie, à M. CAFFORT, Chef de Bureau.

SOMMAIRE

I

Législation générale sur les Cimetières

§ I. — CIMETIÈRES AVANT 1789

Jusqu'à la période contemporaine il n'y eut pas, à proprement parler, de législation sur les sépultures; on suivait d'anciennes coutumes remontant, quant aux principes, jusqu'à la Loi des XII Tables. Plus tard, les cimetières (1) prirent un caractère chrétien : ils devinrent une dépendance de l'Église, auprès de laquelle ne tardèrent pas à se grouper les tombes, qui souvent forçaient la porte de l'édifice et en emplissaient les parties souterraines.

(1) Le nom de cimetières (κοιμαω, je dors) a été donné aux enclos où l'on réunit les sépultures. De très bonne heure, des règlements furent institués dans l'intérêt général de la cité, pour l'établissement de ces cimetières. A Rome, la loi des XII Tables, reproduisant une disposition qui semble avoir été générale dans les cités de la Grèce, défendait les inhumations dans l'intérieur de la ville : aussi les tombeaux particuliers des riches étaient placés le long des routes en dehors de Rome, et les cimetières (*Columbaria*) où l'on inhumait les pauvres et les esclaves étaient placés hors de la ville.

Après la conquête de la Gaule, ces usages se répandirent dans notre pays où, précédemment d'après le témoignage de César, la crémation était employée. Mais plus tard, bien qu'en droit la disposition de la loi des XII Tables fût toujours en vigueur, l'établissement du christianisme modifia considérablement l'état de choses.

Diverses autorités civiles et ecclésiastiques essayèrent en vain de restreindr ces inhumations à des exceptions déterminées. Charlemagne (Capitulaires xx) n'autorisait l'inhumation dans les églises que des évêques, abbés et prêtres distingués. Les conciles de Tréguier (374), de Mayence (813), de Marciac (1326), de Châlons (1393), de Rouen (1581), etc., y joignaient les bienfaiteurs de l'Église, sous l'autorisation spéciale de l'évêque. En fait il suffisait, pour obtenir cette faveur très recherchée, de faire donation à l'église d'une partie de ses biens, ou de l'acheter au taux d'un tarif (Mandement de l'archevêque de Rouen, du 28 mai 1721).

Il est superflu d'insister sur les inconvénients et les dangers qui résultaient de cette coutume, principalement dans les grandes villes.

Quant aux cimetières, ceux qui avaient été établis primitivement aux portes des villes s'étaient trouvés peu à peu, par suite de l'accroissement de la population urbaine, englobés dans les habitations, et faute de pouvoir s'étendre sur place ne pouvaient plus suffire à recevoir les inhumations. Par suite de cette exiguïté des cimetières, on avait dû renoncer depuis longtemps à appliquer les sages prescriptions de la Loi Salique (*Liber legis Salicæ*, t. LVII, n° 4) et du roi Childéric III (*De trigesimis mortuorum*) interdisant expressément la superposition des corps. Les inhumations avaient lieu en tranchées, dans de grandes fosses où les corps étaient entassés les uns sur les autres jusqu'à ce qu'elles fussent à peu près remplies, et que l'on comblait avec la terre provenant du creusement d'une nouvelle fosse. Quant aux ossements retirés des fosses nouvellement recreusées, on les entassait dans des charniers entourant le cimetière.

Ces pratiques, qui nous semblent absolument contraires à l'hygiène, à la décence et au respect des morts, présentaient tant d'inconvénients et de dangers, à Paris surtout, que le Parlement s'en émut et prescrivit par un arrêt du 21 mai 1765, le transfert hors de l'enceinte de la ville de tous les cimetières existants (Voir le Chapitre III).

Un arrêt analogue fut rendu par le Parlement de Toulouse le 3 septembre 1774. Le roi Louis XVI, par déclaration du 10 mars 1776, tenta de généraliser ces prescriptions, en interdisant l'inhumation dans les églises, de toutes personnes autres que les archevêques, évêques, curés, patrons des églises, hauts justiciers et fondateurs des chapelles, en réglementant au point de vue de l'hygiène, les conditions de ces inhumations exceptionnelles, et en prescrivant l'agrandissement et le transfert hors de l'enceinte des habitations des cimetières insuffisants.

Pour faciliter aux villes et communautés l'acquisition des terrains nécessaires, le roi, par déclaration du 10 mars 1783, exemptait ces acquisitions des droits de lods et ventes, centième denier et amortissement.

L'opposition plus ou moins latente du clergé à une mesure qui, changeant complètement les anciens errements, nécessitait des dépenses considérables pour l'acquisition et l'aménagement de nouveaux cimetières, mit obstacle à l'exécution de ces sages dispositions qui, en fait, restèrent purement théoriques.

§ II. — CIMETIÈRES DEPUIS 1789

La Révolution seule put accomplir cette réforme si nécessaire. La loi du 16-24 août 1790 chargea les municipalités de la police municipale, ce qui comprenait les inhumations. La loi du 8-15 mai 1791 attribua aux communes la propriété des cimetières.

En vertu de ces attributions Frochot, préfet de la Seine, par un arrêté du 21 ventôse an IX, prescrivait l'établissement de trois cimetières situés au dehors de l'enceinte de Paris et formulait un règlement dont les principales dispositions ont été reproduites dans le décret du 23 prairial an XII. C'est ce décret (titres 1 et 2) qui, encore aujourd'hui, règle la matière, sauf quelques modifications ci-dessous mentionnées. Il est utile, en raison de son importance, d'en analyser sommairement les dispositions principales, afin d'établir le droit commun en matière de sépulture avant de passer à l'exposé des dispositions spéciales à la Ville de Paris. Le décret de prairial établit qu'en principe les inhumations doivent être faites dans les cimetières publics ; qu'on les permet sous certaines conditions dans les propriétés privées ; il pose enfin les règles à suivre pour l'établissement des cimetières, leur fermeture, les dimensions des fosses, les concessions, etc.

Etablissement des cimetières. — En premier lieu, il est interdit de pratiquer des inhumations dans les églises ou hôpitaux : les villes et bourgs doivent acquérir à 35 ou 40 mètres hors de leur enceinte, des terrains entièrement consacrés à l'inhumation des morts. Une ordonnance royale du 6 décembre 1843 a étendu à toutes les communes de France l'obligation d'établir leur cimetière dans les conditions ci-dessus.

En ce qui concerne les communes qui n'ont pas d'enceinte, la jurisprudence admet que les 35 ou 40 mètres dont parle l'article 2 du décret de prairial doivent être comptés à partir des dernières habitations agglomérées.

A cette prescription, formulée dans un intérêt supérieur d'hygiène générale, le législateur a cru devoir ajouter une servitude d'utilité publique grevant les propriétés situées dans un rayon de 100 mètres autour des cimetières (1).

Aux termes du décret du 7 mars 1808, une autorisation est nécessaire pour construire ou creuser un puits sur des terrains situés à moins de 100 mètres des cimetières transférés hors des communes ; les bâtiments existants ne peuvent être restaurés sans autorisation, et les puits peuvent être comblés en vertu d'ordonnances du Préfet. Il a été jugé (Cass. 10 juillet 1863, aff. Joubert) qu'on devait entendre par habitation tout bâtiment dans lequel se rencontre le fait de la présence habituelle, quoique non permanente de l'homme.

Cette servitude étant établie légalement et dans un intérêt général, ne donne droit à aucune indemnité.

Ajoutons, pour terminer ce qui concerne l'établissement des cimetières,

(1) Un arrêt du Parlement de Paris, du 3 septembre 1765 « ordonne qu'il ne pourra « être élevé par la suite aucun bâtiment sur les terrains adjacents aux dits lieux ès quels « les nouveaux cimetières seront établis, s'ils ne sont à vingt toises au moins de distance « des murs de clôture des dits cimetières. »

que le décret de prairial recommande de les placer autant que possible au nord et d'y planter des arbres, en prenant les précautions nécessaires pour assurer la circulation de l'air.

Inhumations. Concessions. — Aux termes des art. 4 et 5 du décret de prairial, les inhumations doivent être faites dans des fosses individuelles séparées l'une de l'autre de 30 à 40 centimètres sur les côtés et de 30 à 50 centimètres à la tête et aux pieds : leurs dimensions doivent être de 1 mètre 50 à 2 mètres de profondeur sur 80 centimètres de largeur.

Un règlement d'administration publique tout récent (27 avril 1889) rendu en exécution et pour l'application de la loi du 15 novembre 1887, sur la liberté des funérailles, a modifié quelque peu ces dispositions : L'art. 13 de ce règlement autorise l'usage de tranchées pour les inhumations gratuites, à condition qu'elles aient une profondeur de 1 mètre 50, et que les cercueils y soient déposés à une distance l'un de l'autre d'au moins 20 centimètres.

Quant aux dimensions des fosses, elles restent fixées par le décret de prairial, seulement le règlement du 27 avril 1889 autorise, conformément à l'usage suivi à Paris, la réduction à 1 mètre superficiel des fosses destinées à l'inhumation des enfants en bas âge.

Le terrain qui a servi à une inhumation ne peut être réoccupé avant un délai de cinq ans, sauf, bien entendu, en ce qui concerne les concessions sur lesquelles des caveaux ont été construits. Même en l'absence de caveaux, ces concessions peuvent servir à l'inhumation d'un nouveau corps avant l'expiration du délai de cinq ans, si le premier corps inhumé a été placé de manière que la profondeur réglementaire soit observée dans la nouvelle inhumation. (Règlement du 27 avril 1889, art. 14.)

L'art. 10 autorise les communes qui posséderont des cimetières d'une étendue suffisante à délivrer des concessions perpétuelles « aux personnes qui désireront y posséder une place distincte et séparée pour y fonder leur sépulture et celle de leurs parents et successeurs ».

Aux termes de l'art. 11, les concessionnaires doivent verser, en même temps que le prix de la concession, une certaine somme à titre de donation en faveur des pauvres.

La quotité de cette donation a été fixée par l'ordonnance du 6 décembre 1843 à la moitié de la somme attribuée à la commune. Cette même ordonnance autorise les communes à faire, en dehors des concessions perpétuelles, mais à des conditions analogues, en ce qui concerne la répartition de la somme versée par le pétitionnaire, des concessions de deux sortes.

1° **Trentenaires.** — Indéfiniment renouvelables au prix primitivement payé, mais périmées faute de renouvellement à la fin de la deuxième année qui suit l'expiration de la période pour laquelle elles ont été données.

2° **Temporaires.** — Pour une durée de quinze ans au plus, et non renouvelables.

La loi du 24 juillet 1867, art 1, portait : Le Conseil municipal règle par ses délibérations... 6° Le tarif des concessions dans les cimetières. En cas de désaccord entre le Conseil municipal et le Maire, sa délibération ne sera exécutoire qu'avec l'approbation du Préfet. La loi municipale du 5 avril 1884 (art. 58, 7°, art. 133) donne au Préfet un droit plus étendu, les tarifs devront, dans tous les cas, être soumis à son approbation.

Police des Cimetières. — Aux termes de l'art. 14 du décret de prairial, toute personne peut être enterrée sur sa propriété, pourvu que cette propriété soit située à la distance prescrite des villes et bourgs.

La jurisprudence admet unanimement que cette faculté ne peut être exercée que sur une autorisation expresse de l'autorité municipale, qui peut la refuser en vertu de son pouvoir discrétionnaire en matière de police des lieux d'inhumation, et que cette autorisation doit être spécialement accordée pour chaque inhumation à faire dans les termes de l'art. 14.

L'art. 16 attribue, en effet, formellement aux Maires l'autorité, police et surveillance des lieux de sépulture, qu'ils soient publics ou privés.

C'est en vertu de cette attribution que les Maires veillent à l'exécution des prescriptions légales relatives aux mesures à prendre pour la salubrité publique telles que les dimensions des fosses (V. ci-dessus); qu'ils doivent faire faire des plantations, sous réserve de la libre circulation de l'air, entourer les cimetières de murs de clôture de 2 mètres au moins, régler l'aménagement des terrains, les heures d'ouverture et de fermeture, et assurer le bon ordre et la décence dans les lieux d'inhumation.

La loi municipale du 5 avril 1884 (art. 97, 6°) charge spécialement les Maires d'ordonner, en cas d'épidémie, des mesures spéciales pour l'inhumation de telle ou telle personne ou de telle catégorie de personnes.

Le règlement d'administration publique du 27 avril 1889 autorise le Maire, en cas d'urgence, notamment en cas de décès par suite de maladie épidémique ou contagieuse, à prescrire sur l'avis du médecin commis par lui la mise en bière immédiate, ou même l'inhumation sans délai (art. 1er).

Si le décès paraît résulter d'une maladie suspecte, dont la protection de la santé publique exige la vérification, le Préfet peut sur l'avis conforme et motivé de deux médecins prescrire toutes les constatations nécessaires et même l'autopsie.

Enfin, l'ordonnance du 6 décembre 1843 prescrit qu'aucune inscription ne peut être placée sur les tombes sans avoir été préalablement visée par le Maire.

Si le Maire néglige de prendre les mesures nécessaires pour assurer la police des cimetières, le Préfet peut, en vertu de la loi municipale du 5 avril 1884 (art. 99) après une mise en demeure restée sans résultat, y pourvoir par un arrêté spécial. C'est aux Préfets qu'appartient exclusivement le droit de prendre la mesure de police la plus grave, la fermeture des cimetières. Ce sont eux également (ordonnance du 6 décembre 1843, art. 1er) qui déterminent l'emplacement des nouveaux cimetières, après une enquête de *commodo et incommodo* et dans les formes prescrites par la loi du 5 avril 1884 (art. 68).

En ce qui concerne les terrains des cimetières fermés, les formalités à remplir pour leur aliénation sont déterminées par les art. 8 et 9 du décret de prairial combinés avec l'art. 9 de la loi du 15 mai 1791. Les cimetières doivent rester pendant cinq ans dans l'état où ils se trouvent au moment de leur fermeture; à l'expiration de ce délai, ils peuvent être affermés par les communes, à condition qu'ils ne seront qu'ensemencés et plantés, sans qu'il puisse y être fait aucune fouille ou fondation pour construction de bâtiment. Dix ans après la dernière inhumation, les terrains peuvent être mis dans le commerce.

En cas de translation d'un cimetière, les communes sont obligées de donner dans le nouveau cimetière aux titulaires des concessions perpétuelles ou de plus de cinq ans des terrains de même étendue, et de transporter à leurs frais dans le nouvel enclos les restes inhumés dans les terrains concédés, ainsi que les matériaux des tombeaux élevés sur les dits terrains, les frais de reconstruction des monuments restant à la charge des titulaires.

Tant que les cimetières communaux ne sont pas désaffectés, ils font partie du domaine public communal, ce principe est généralement admis par la jurisprudence, on en tire la conséquence que les cimetières sont imprescriptibles et insusceptibles de propriété privée. Il ne peut donc être exercé sur eux aucune servitude, ni de vue ni de passage ni de mitoyenneté, et, alors même que l'usage d'une partie des terrains qui les composent est concédé par la commune, celle-ci reste toujours propriétaire du sol.

L'entretien des cimetières (décret de prairial, décret du 30 décembre 1809) incombait aux fabriques, celles-ci, jusqu'à ces derniers temps, avaient droit par compensation aux produits spontanés des cimetières. La loi municipale du 5 avril 1884 a attribué (art. 167, 5°) ces produits aux communes tout en laissant aux fabriques l'entretien des cimetières, sauf dans le cas où elles justifieraient régulièrement de l'insuffisance de leurs revenus (art. 136, 13°). L'entretien dans ce cas incombe à la commune (Cassation, 30 mai 1888).

Une autre disposition du décret de prairial a été abrogée par une loi récente : c'est l'art. 15 qui prescrivait de donner à chacun des cultes reconnus exercés dans la commune un lieu d'inhumation distinct. La loi du 14 novembre 1881 a rapporté cette prescription et proclamé la neutralité du cimetière communal.

II

Dispositions spéciales aux Cimetières de Paris

§ I. — LÉGISLATION

En cette matière, comme en tant d'autres, les dispositions de la loi générale ne sont applicables à la Ville de Paris que sous certaines modifications déterminées légalement. Dès le siècle dernier, un article de la déclaration royale du 10 mars 1776 réservait tout ce qui a trait aux cimetières de Paris, sur lesquels un acte spécial devait intervenir, et qui, en attendant restait soumis aux dispositions de l'arrêt du Parlement de Paris du 21 mai 1765. Il sera question de cet arrêt dans le résumé historique des cimetières de Paris.

Le décret réglementaire du 23 prairial an XII est applicable à Paris ; néanmoins la loi du 16 juin 1859 a spécialement exempté la Ville de Paris de l'obligation de transférer hors de son enceinte les cimetières qui, par suite de l'annexion de la banlieue, se trouvent dans l'intérieur de la Ville, contrairement aux injonctions du décret de prairial.

Enfin, l'ordonnance royale du 6 décembre 1843 et la loi municipale du 5 avril 1884 ne sont pas applicables à Paris.

D'autre part, la servitude *non ædificandi* établie par le décret du 7 mars 1808, frappe les terrains situés dans la zone de 100 mètres, à partir du mur de clôture des cimetières parisiens, non seulement *extra muros*, mais même de ceux que l'extension des limites de la Ville a fait rentrer dans l'intérieur des murs (Arrêt Cour de Cassation du 17 janvier 1863). Mais l'Administration accorde avec la plus grande facilité les permissions de bâtir dans la dite zone qui lui sont demandées aux termes de l'art. 1er du décret précité, pourvu que les constructions à élever soient situées à 10 mètres au moins du mur de clôture du cimetière.

Les cimetières parisiens sont régis par divers arrêtés municipaux dont les principaux sont ceux du 15 septembre 1850 et du 18 novembre 1879. Il suffit d'en analyser sommairement les dispositions principales.

Inhumations. — Les inhumations dans les cimetières parisiens sont de quatre natures :

1° Tranchée gratuite ;

2° Concessions temporaires ;

3° Concessions trentenaires ;

4° Concessions perpétuelles.

1° **Tranchée gratuite** (1). — Contrairement aux termes du décret de prairial qui prescrivait que chaque inhumation soit effectuée dans une fosse séparée, une fosse commune a toujours été à Paris affectée à l'inhumation des décédés pour lesquels il n'est point demandé de concession de terrain.

Le règlement ci-dessus mentionné du 27 avril 1889 en autorisant l'emploi des tranchées communes, a fait rentrer Paris à cet égard dans le droit

(1) Voir la planche indiquant les divers modes d'inhumations.

commun. La prescription de ce règlement relative à l'écartement des cercueils était appliquée à Paris, chaque cercueil étant séparé des cercueils voisins par une distance de 20 centimètres et la place de chacun d'eux, exactement déterminée sur un plan, permettant, après le comblement de la tranchée, de déposer sur l'emplacement même où se trouve le corps, les entourages, couronnes, etc., que la famille veut y placer.

Des améliorations importantes ont pu être réalisées dans les cimetières créés en 1886 à Pantin et à Bagneux. Ainsi, les tranchées n'ont plus que 2 mètres de largeur, au lieu de 4; cela permet d'établir un passage d'un mètre à la tête et aux pieds des tombes, qui autrefois n'étaient accessibles qu'aux pieds.

Les familles peuvent ainsi placer des entourages de 0^m 60 de largeur sur 1^m 50 pour les adultes et de 0^m 45 de largeur sur 0^m 75 pour les enfants.

Les entourages peuvent être placés immédiatement après l'inhumation, tandis qu'autrefois, les tombes ne pouvaient recevoir les bouquets, couronnes et souvenirs apportés par les familles que deux mois après l'inhumation, les terres rejetées de la tranchée en voie d'occupation recouvrant la dernière tranchée occupée.

Pour faciliter, même par les temps les plus mauvais, l'accès de la tranchée en voie d'occupation, l'Administration fait poser des planchers mobiles, menant du chemin le plus proche à cette tranchée et couvrant les terres fraîchement remuées.

Depuis peu de temps également, l'Administration a adopté un système de fermeture des tranchées, à la fois simple et maniable, qui permet aux ouvriers fossoyeurs de clore les tranchées, et de les ouvrir le matin.

De plus, on étudie un système de descente des corps dans la tranchée plus convenable que le système des cordages jusqu'ici usité : des expériences très intéressantes se poursuivent à ce sujet au cimetière de Pantin.

A ce cimetière se poursuivent également d'autres expériences sur l'éclairage des tranchées gratuites et des fosses temporaires au moment des inhumations qui, dans les jours courts et sombres de la mauvaise saison, peuvent s'effectuer dans l'obscurité pour les convois partant de Paris dans l'après-midi.

Enfin, dans les nouveaux cimetières, pour dissimuler aux visiteurs l'aspect des divisions utilisées pour les inhumations, on a ménagé entre les allées et l'intérieur des divisions une zone plantée d'arbres et d'arbustes formant rideau, et percée seulement de quatre chemins donnant accès aux sépultures.

2° **Concessions temporaires.** Ces concessions sont faites pour une durée de cinq ans et leur prix est de 50 francs. Elles donnent droit à un terrain de 2 mètres de longueur sur 1 mètre de largeur. On ne leur accordait jusqu'ici qu'un isolement de 1 mètre aux pieds.

Dans les nouveaux cimetières, un isolement identique est accordé à la tête, ce qui permet aux familles d'accéder plus facilement à l'endroit où se posent ordinairement les pierres sépulcrales et les divers emblèmes funéraires.

Ces concessions étant individuelles, on ne peut y construire aucun caveau ou monument : elles peuvent être renouvelées pour une nouvelle période quinquennale moyennant le versement d'une somme de 50 francs, lorsque les terrains sont réoccupés en concessions temporaires.

Depuis que la création des nouveaux cimetières a mis à la disposition de l'Administration des surfaces assez étendues pour parer à toutes les éventualités, les cimetières affectés aux inhumations gratuites et temporaires ont été aménagés de manière à permettre pour l'avenir le renouvellement presque indéfini des concessions temporaires, le mode d'occupation des terrains n'étant plus modifié.

Les observations ci-dessus mentionnées sur l'aménagement des divisions affectées aux tranchées gratuites s'appliquent également aux concessions temporaires. Notons que celles-ci forment les 25 % des inhumations parisiennes.

3° **Concessions trentenaires.** — Ces concessions n'existent que depuis une date récente dans les cimetières de Paris; elles ont été instituées en exécution d'une délibération du Conseil municipal du 6 août 1886, et d'un arrêté préfectoral approbatif en date du 30 décembre 1886.

Ces concessions sont indéfiniment renouvelables. Leur superficie est de 2 mètres (1 mètre de façade sur 2 mètres de profondeur), les concessionnaires ont droit en outre à un isolement de 40 centimètres à la tête et sur les côtés et de 1 mètre aux pieds. Les concessionnaires peuvent y construire des caveaux, monuments et tombeaux et y faire inhumer en se conformant aux dispositions réglementaires relatives aux concessions perpétuelles. Ils doivent notamment pour chaque inhumation, sauf pour la première, acquitter la taxe de 25 francs établie par l'arrêté du 22 août 1881 dont il sera question ci-après (Voir aux concessions perpétuelles). Toutefois pendant les cinq dernières années de la concession, ils ne sont admis à faire procéder à une inhumation nouvelle qu'en versant le prix de renouvellement de la concession.

Le prix des concessions trentenaires est de 300 francs dont les 4/5 sont attribués à la Ville de Paris et 1/5 à l'Assistance publique; les frais de timbre et d'enregistrement sont en outre à la charge des concessionnaires.

La Ville de Paris n'étant pas soumise aux prescriptions de l'ordonnance de 1843, a pu décider que les concessions trentenaires ne seraient délivrées que dans les cimetières de Pantin et de Bagneux (depuis le 1er janvier 1887) et dans les cimetières d'Ivry et de Saint-Ouen (depuis le 1er avril 1887).

Il existe en outre, dans les anciens cimetières communaux de la banlieue annexée en 1860, des concessions trentenaires datant d'une époque antérieure à l'annexion; mais on n'admet pas le renouvellement de ces concessions à l'expiration de la période trentenaire. En effet, l'ordonnance du 6 décembre 1843 qui autorise le renouvellement indéfini des concessions trentenaires n'est pas applicable à Paris (art. 8) et aux termes de l'arrêté du 20 décembre 1859, les arrêtés ou règlements relatifs aux cimetières de Paris sont applicables aux cimetières annexés. Les titulaires de ces concessions trentenaires sont seulement admis à les convertir sur place en concessions perpétuelles, moyennant le versement intégral du prix d'une concession perpétuelle.

4° **Concessions perpétuelles.** — Les concessions perpétuelles comportent au moins 1 mètre de superficie, savoir 1 mètre 43 de long sur 70 centimètres de largeur, quand elles sont destinées à recevoir un enfant de moins de sept ans; pour un adulte, elles ne peuvent être inférieures à 2 mètres, soit 2 mètres de longueur sur 1 mètre de largeur.

Il est accordé à chaque concession perpétuelle un isolement de 30 centimètres à 40 centimètres à la tête et sur les côtés et de 1 mètre au pied. Les concessionnaires ont le droit de faire édifier des monuments et creuser des caveaux, en se conformant aux prescriptions minutieusement énumérées par l'arrêt réglementaire du 15 septembre 1850. Dans ce cas, l'Administration autorise une anticipation souterraine de 20 centimètres autour du terrain concédé.

La Ville de Paris, en faisant des concessions de cette nature, n'aliène pas le sol des cimetières, elle en concède l'usage pour une affectation spéciale. Cette affectation est déterminée par la loi (art. 10 du décret de prairial), une sépulture perpétuelle ne peut servir qu'à l'inhumation du titulaire et de ses parents ou successeurs. La jurisprudence fondée sur une circulaire ministérielle de 1863 (n° 42 du *Bulletin du Ministère de l'Intérieur*), admet que le concessionnaire peut être autorisé à faire inhumer dans un caveau de famille des personnes, même étrangères à la famille, auxquelles l'attachaient des liens d'amitié ou de reconnaissance. Ces autorisations ne sont données que sur une demande écrite et pour une inhumation à faire immédiatement.

Rappelant les dispositions du décret de prairial relativement au caractère extra commercial des concessions perpétuelles, les règlements de 1850 et de 1879 déclarent que les concessions ne sont transmissibles que par voie de succession et partage ou de donation entre parents.

Il convient de remarquer d'ailleurs que l'Administration municipale n'est pas juge des difficultés qui peuvent survenir dans les familles au sujet de la transmission des concessions perpétuelles, ni des droits des parties à ces concessions.

Pour ne pas entraver les inhumations, en exigeant des justifications souvent impossibles à établir immédiatement, et sauvegarder en même temps la responsabilité de la Ville, les conservateurs ont pour instructions de ne laisser procéder à aucune inhumation en concession perpétuelle sans qu'il leur soit remis une déclaration par laquelle le signataire affirme sa qualité d'ayant droit à la concession, et s'engage à garantir la Ville contre toute réclamation qui serait formulée au sujet de l'inhumation demandée.

Le prix des concessions perpétuelles était depuis l'origine des cimetières parisiens de 125 francs par mètre, sans progression, y compris la part (1/5) attribuée aux hospices. Le tarif établi par arrêté préfectoral du 8 décembre 1829, approuvé par ordonnance royale du 5 mai 1830, était progressif : les deux premiers mètres étaient payés à raison de 250 francs l'un ; le troisième et le quatrième à raison de 500 francs l'un ; le cinquième et le sixième à raison de 750 francs l'un ; au-dessus de 6 mètres, chaque mètre était payé 1,000 francs. Une délibération du Conseil municipal du 28 décembre 1885, approuvée par arrêté préfectoral du 29 décembre 1885, a modifié ce tarif de la manière suivante :

Le prix des deux premiers mètres reste fixé à 250 francs le mètre ; le troisième et le quatrième mètre sont payés à raison de 1,000 francs le mètre ; le cinquième et le sixième mètre à raison de 1,500 francs le mètre ; au-dessus de 6 mètres, chaque mètre est payé 2,000 francs.

Une délibération postérieure du 25 avril 1887, approuvée par arrêté préfectoral du 11 mai 1887 a élevé le prix des deux premiers mètres à 350 francs le mètre, soit 700 francs pour la concession ordinaire de 2 mètres.

Les terrains situés en première ligne le long des avenues et chemins sont réservés pour des concessions d'une superficie minima de 3 mètres.

Sur le prix des concessions, les 4/5 sont attribués à la Ville de Paris et 1/5 à l'Administration de l'Assistance publique.

Les concessions sont faites par des arrêtés pris en la forme administrative, dont le timbre et l'enregistrement sont à la charge des concessionnaires.

Jusqu'en 1877, les concessionnaires avaient la faculté, soit de payer comptant la totalité du prix de la concession, soit de ne verser immédiatement que le quart de ce prix, en s'engageant à payer le prix complémentaire dans un délai de dix années. Faute par eux de s'être acquittés avant l'expiration de ce délai, la concession faisait retour à la Ville, sans restitution de la somme versée, qui était considérée comme le loyer du terrain pendant les dix ans d'occupation. Les concessions de cette nature étaient dites conditionnelles : leur nombre s'étant accru au point de faire craindre dans un délai très rapproché un envahissement total des cimetières intérieurs, l'Administration a jugé prudent de supprimer cette facilité de libération, beaucoup de familles n'en usant que pour occuper pendant dix ans un terrain perpétuel auquel elles renonçaient par défaut de paiement. Sur la proposition de l'Administration une délibération du Conseil municipal en date du 10 juillet 1877, approuvée par arrêté préfectoral du 17 juillet 1877, a établi qu'à dater du 1er août 1877, le prix de toutes les concessions perpétuelles devra être soldé intégralement au moment même de la concession.

Une autre modification financière a été introduite récemment dans le régime des concessions perpétuelles. Aux termes d'un arrêté préfectoral du 15 ventôse an XIII, il était perçu pour chaque seconde ou ultérieure inhumation dans un terrain concédé à perpétuité, une taxe égale au vingtième du prix de la concession. L'usage s'était établi de ne percevoir cette taxe que pour les inhumations faites en pleine terre, celles faites dans les cases d'un caveau restant exemptes de toute taxe. Sur la proposition de l'Administration, une délibération du Conseil municipal du 28 juillet 1881, approuvée par arrêté préfectoral du 22 août 1881, a régularisé le mode de perception de cette taxe, en en fixant uniformément le taux à une somme de 25 francs, quelles que fussent la superficie et la date de la concession, et que l'inhumation fût faite en pleine terre ou dans les cases d'un caveau de famille. Cette disposition est applicable également aux concessions trentenaires.

§ II. — ORGANISATION DES CIMETIÈRES DE PARIS

Le fonctionnement de l'organisation adoptée pour les cimetières parisiens ressortira suffisamment de l'énoncé succinct des opérations qui s'y traitent journellement. Ces opérations comportent des recettes et des dépenses qui vont être successivement énumérées.

1° Recettes diverses effectuées dans les Cimetières

La plus importante des recettes afférentes aux cimetières est la vente des concessions dont il a été question ci-dessus.

En dehors du prix des concessions perpétuelles qui rapportent annuellement à la Ville de Paris une recette moyenne de 1,300.000 francs, la Ville perçoit dans ses cimetières des sommes importantes. Nous avons déjà parlé de droit de deuxième inhumation, dont le produit annuel est de 170.000 francs en moyenne (en 1888, 174,575 francs). Il faut y joindre :

1° **Les concessions temporaires.** — Ces concessions sont généralement délivrées par les Mairies et le prix en est acquitté en même temps que la taxe municipale d'inhumation. Mais il arrive fréquemment ou que l'Administration centrale, sur la demande des familles, permette l'inhumation dans un cimetière autre que celui de la circonscription à laquelle appartient le lieu du décès, ou que les personnes assistant au convoi se cotisent en route pour acheter une concession temporaire, alors que l'inhumation devait se faire en tranchée gratuite. Dans ces deux cas, le prix de la concession temporaire est perçu au cimetière au moment de l'inhumation. Le prix du renouvellement d'une concession temporaire périmée est également versé au cimetière. Les recettes de cette nature s'élèvent annuellement à une somme de 300,000 francs sur le chiffre de 880,000 francs auquel s'élève le produit total des concessions temporaires.

2° **Les taxes d'exhumation.** — Les autorisations d'exhumations demandées par les familles sont délivrées par la Préfecture de police; les conditions auxquelles les pétitionnaires doivent satisfaire sont énumérées dans l'ordonnance du Préfet de police du 27 mai 1850. Par suite d'un accord survenu entre les deux Préfectures, les conservateurs des cimetières ont une délégation spéciale du Préfet de police pour assister aux exhumations et en dresser procès-verbal. La somme à verser par les familles, dont la quotité a plusieurs fois varié, était répartie entre les agents et les fossoyeurs à titre de vacations ou de salaires. Un arrêté préfectoral du 24 décembre 1862, approuvant une délibération du Conseil municipal, du 28 novembre 1862, a décidé que pour chaque corps exhumé, il serait payé à la Ville de Paris une taxe de 20 francs. Le produit de cette taxe s'est élevé en 1888 à la somme de 145.560 francs.

Lorsque l'exhumation est nécessitée par l'impossibilité de renouveler sur place les concessions temporaires dans lesquelles les corps à exhumer avaient été inhumés, et l'obligation de transporter les corps dans une autre concession temporaire, soit du même cimetière, soit d'un cimetière différent, les familles sont exemptées du paiement de la taxe d'exhumation. Délibération du 21 décembre 1886, approuvée par arrêté préfectoral du 30 décembre 1886.

3° **Les taxes de transport.** — Ainsi que les exhumations, les autorisations de transporter dans les cimetières de Paris les corps de personnes décédées hors de cette ville, sont du ressort de la Préfecture de police; les conservateurs sur le vu de l'autorisation délivrée par cette Administration, admettent le corps dans le cimetière, font procéder à l'inhumation et en dressent procès-verbal.

Aux termes des délibérations et arrêtés ci-dessus de 1862, il est perçu pour chaque corps venant directement de l'intérieur et inhumé dans un cimetière parisien une taxe de 20 francs. Le produit de cette taxe s'est élevé en 1888 à la somme de 27,820 francs.

4° **Taxes d'inhumation.** — Les taxes d'inhumation sont généralement perçues dans les mairies au moment du règlement du convoi ; mais il y a divers cas où ces taxes sont perçues dans les cimetières, notamment lorsque l'inhumation, pour laquelle la gratuité a été accordée par le maire, se fait en fosse temporaire acquise par voie de cotisation, ou lorsque le corps inhumé gratuitement est exhumé pour réinhumation en concession particulière.

Ces recettes se sont élevées en 1888 à la somme de 2,202 francs.

5° **Signes funéraires.** — Lorsque la Ville reprend les terrains concédés temporairement, les pierres, entourages et autres signes funéraires délaissés par les familles tombent dans le domaine de l'État en vertu des articles 539 et 713 du Code civil. Par décision du 18 décembre 1843, le Ministre des Finances a consenti, en raison du peu de valeur de ces objets, à en faire l'abandon aux communes. La Ville de Paris les laisse à la disposition de l'entrepreneur chargé de la démolition des tombes périmées, leur valeur entrant en déduction des dépenses à faire par cet entrepreneur. Pendant un an et un jour, ces objets peuvent être réclamés par les familles, auxquelles ils sont remis contre versement d'une somme de 6 francs, représentant les dépenses d'enlèvement et de dépose des dits objets. Les recettes de cette nature ont produit en 1888 une somme de 624 francs.

En dehors des recettes ci-dessus, dont la perception est faite dans les cimetières, la Ville reçoit de l'entrepreneur des Pompes funèbres et de l'Administration de l'Hôtel des Invalides 0 fr. 60 par corps inhumé, comme contribution dans les frais de fossoyage. Cette recette s'élève annuellement à environ 32,000 francs et est versée directement à la Caisse municipale.

Jusqu'en 1883, les recettes perçues dans les cimetières ne comprenaient que les sommes dues à l'occasion d'opérations faites immédiatement et non prévues à l'avance, telles que les cotisations, les droits de deuxième inhumation, les exhumations, etc. Les autres recettes les plus importantes, notamment celles qui résultaient de la vente des concessions perpétuelles, étaient perçues directement par la Caisse municipale, ce qui obligeait les intéressés à des déplacements réitérés et à des pertes de temps regrettables.

L'arrêté préfectoral du 29 décembre 1882 a régularisé cette situation et décidé que les receveurs des cimetières percevraient directement, outre les taxes ci-dessus énoncées, les sommes versées par les parties pour prix de concessions perpétuelles ou versements complémentaires de concessions conditionnelles, etc. Actuellement, sauf les concessions temporaires délivrées par les mairies, qui en perçoivent le prix, et les contributions des Pompes funèbres et des Invalides pour frais de fossoyage versées à la Caisse municipale, toutes les recettes des cimetières se perçoivent dans les cimetières mêmes. A cet effet, les cimetières ont été divisés en cinq circonscriptions ressortissant chacune à un cimetière central; celui-ci est muni d'une organisation complète, comprenant un receveur qui perçoit les sommes dues à la Ville directement, s'il s'agit, soit de recettes propres au cimetière central, soit de recettes afférentes à un petit cimetière; indirectement, par l'intermédiaire des sous-conservateurs ou gardiens conservateurs préposés aux cimetières annexes, quand l'opération qui amène une perception ne peut être ni prévue ni retardée (cotisations, frais d'inhumation, taxes de transport). Les recettes perçues de cette manière dans les petits cimetières sont reversées, le soir même, dans la caisse du cimetière central.

Pour éviter aux receveurs les déplacements et pertes de temps que leur imposait l'obligation d'aller verser leurs recettes à la Caisse municipale toutes les fois que leur encaisse atteignait 10,000 francs ou au moins tous les dix jours, l'Administration fait passer tous les deux jours, dans chaque conservation centrale, un collecteur qui recueille l'encaisse du receveur et en fait le reversement à la Caisse municipale.

En dehors des recettes ci-dessus, la Ville de Paris tire encore de ses cimetières, comme toutes les autres communes, des revenus provenant des produits naturels du sol, tels que les émondages des arbres morts et le fauchage des herbes. Ces revenus sont à Paris bien peu importants; les émondages des arbres, opérés par les agents du service des promenades et plantations, leur sont abandonnés pour leur chauffage; quant au fauchage des herbes, il fait l'objet d'une adjudication, sous la direction et la surveillance du même service.

2° *Dépenses des Cimetières*

Parallèlement aux recettes ci-dessus énumérées, la Ville doit pourvoir aux dépenses des cimetières. Ces dépenses, que la loi municipale du 5 avril 1884, comme la loi antérieure de 1837, déclare obligatoires, comprennent les frais de clôture, d'entretien et de garde des cimetières.

a) **Clôture.** — Les murs de clôture, aux termes de l'article 3 du décret du 23 prairial an XII, doivent avoir au moins 2 mètres d'élévation; leur construction et leur entretien sont confiés, à Paris, au service d'architecture. Ce service est également chargé de la construction, de l'entretien et des réparations des bureaux de conservation et des bâtiments d'habitation des agents logés dans les cimetières.

b) **Entretien.** — L'entretien comprend, outre le maintien en bon état des routes et chemins, les plantations que le décret de prairial impose obligatoirement aux communes, sous la seule réserve de prendre les précautions nécessaires pour ne pas gêner la circulation de l'air. Ces plantations consistent : 1° en arbres d'alignement de haute tige le long des avenues; 2° en pelouses gazonnées et complantées d'arbustes dans les carrefours et les endroits inutilisables; 3° en rideaux d'arbustes formant zones d'isolement autour des divisions des cimetières affectés aux inhumations en concessions trentenaires, temporaires et gratuites, selon le système décrit ci-dessus.

Ces plantations sont dirigées et entretenues par le service des promenades. Quant aux chemins et avenues, il faut distinguer; tous les chemins des cimetières *intra muros* sont entretenus par le même service, qui, pour les cimetières *extra muros*, est seulement chargé de l'entretien des avenues; quant aux petits chemins desservant, dans ces derniers cimetières, l'intérieur des divisions, chemins qui précédemment n'étaient pas entretenus et restaient à l'état de sol naturel, le Conseil municipal, par délibération du 15 juillet 1883, a décidé, sur la proposition de l'Administration, que leur entretien serait à la charge de la Ville et s'effectuerait par les soins du service des cimetières. Ce travail est effectué, sous la direction des conservateurs, par les ouvriers fossoyeurs des cimetières, dont le nombre a été augmenté à cet effet.

On peut rattacher à l'entretien des cimetières l'établissement : 1° de bornes fontaines, auxquelles les familles sont autorisées à puiser l'eau nécessaire à l'arrosage des fleurs et plantes placées sur leurs sépultures (l'usage de ces fontaines est interdit aux marbriers ; 2° des monuments de souvenirs, au pied desquels les familles des personnes dont les sépultures ont disparu par suite des reprises successives des terrains gratuits ou temporairement concédés, peuvent déposer des couronnes et autres signes funéraires; 3° de fours à brûler les détritus provenant du nettoyage des divisions, tels que papiers, bouquets fanés, vieilles couronnes, etc.

Dans les cimetières peu importants, ces détritus sont enlevés par le service des plantations et portés aux décharges publiques; dans les grands cimetières, où le cube à transporter serait trop considérable, en raison de l'énorme dépense qu'entrainerait cette opération, il était d'usage de brûler ces détritus sur le sol, dans l'une des divisions non occupées, à l'aide des planches de cercueils retirés des tranchées et des entourages des tombes périmées. Des plaintes ayant été formulées contre cet usage par les habitants des maisons voisines des cimetières, que la fumée provenant de la combustion de ces détritus humides incommodait, l'Administration a pensé à substituer à cette combustion à air libre une combustion dans un four construit à cet effet. Un four érigé au cimetière du Sud a donné de bons résultats. un autre vient d'être construit au cimetière de l'Est, et l'Administration se propose de généraliser la mesure, au moins en ce qui concerne les autres grands cimetières.

Signalons encore les caveaux provisoires construits par la Ville dans plusieurs cimetières pour recevoir les bières qui, par leurs dimensions exceptionnelles, ne peuvent entrer dans les cases des caveaux des sépultures particulières ou dans les caveaux des marbriers. Réglementairement. le séjour de ces corps dans les caveaux de la Ville ne doit pas dépasser trois jours (1).

La Ville entretient diverses tombes particulières. soit à titre historique (sépultures d'Héloïse et Abeilard. de Molière et La Fontaine, de Casimir-Périer, des Quatre Sergents de la Rochelle), soit en exécution de donations ou legs acceptés par la Ville. Dans ce dernier cas, la Ville n'accepte la charge de l'entretien de la sépulture que si l'émolument de la libéralité est suffisant pour faire face. en sus de la dépense annuelle d'entretien. à la reconstruction éventuelle dans un temps donné.

(1) Aux termes de l'article 32 du règlement du 15 décembre 1850 tous les cimetières doivent être ultérieurement pourvus de dépositoires publics, et les caveaux provisoires des entrepreneurs sont seulement tolérés jusqu'à cette construction.

En fait. l'usage de déposer les corps dans des caveaux provisoires a pris de telles proportions qu'il serait matériellement impossible à l'Administration de se charger de recevoir tous les corps dans des dépositoires publics. On a donc dû se départir de la rigueur des principes du règlement. et autoriser la construction et l'exploitation de nouveaux caveaux provisoires appartenant aux entrepreneurs (Décision du 6 juin 1867). Mais, en même temps l'Administration a prescrit une série de mesures pour réglementer l'usage de ces caveaux provisoires, au point de vue des dimensions de ces caveaux. des formalités à remplir pour les dépôts et les retraits de corps, et des dispositions à prendre pour la descente des corps. On ne peut que renvoyer pour ces règlements aux décisions du 14 juillet 1877, au 14 février 1879. et du 14 mars 1887.

Les principes de ces décisions sont que ces caveaux ne peuvent servir qu'au dépôt provisoire des corps, que les familles peuvent toujours faire retirer les corps de leurs parents, que les cases doivent avoir des dimensions telles que l'introduction et la sortie des corps puissent s'effectuer sans difficulté. et enfin que l'usage de ces caveaux ne présente aucun danger pour les ouvriers appelés à y travailler. Toutes ces mesures ont pour sanction l'interdiction d'utiliser les caveaux que l'Administration se réserve la faculté de prononcer, même en l'absence de dépositoires publics. l'usage de ces caveaux n'étant admis qu'à titre de tolérance.

En outre, depuis plusieurs années, le Conseil municipal a admis l'inscription au budget de crédits destinés à déposer les monuments funéraires érigés sur des tombes dont les titulaires actuels sont disparus ou ignorés, lorsque ces monuments menacent ruine et constituent un péril pour la sécurité des passants. Dans ce cas, le péril est constaté par un procès-verbal du garde de la division, et sur l'attestation du conservateur que ce procès-verbal ne peut être notifié aux intéressés qui sont inconnus, il est procédé d'office à la démolition du monument dont les matériaux sont rangés sur le terrain concédé. Il est procédé de même pour la réfection des murs de soutènement construits au chevet des sépultures, lorsque ces murs de soutènement, dont la réparation, aux termes de l'article 61 du règlement général des cimetières, incombe aux titulaires des sépultures qu'ils protègent, sont en mauvais état, et lorsque les concessionnaires sont inconnus. Un crédit annuel de 10.000 francs est affecté depuis plusieurs années (chap. IX, art. 11 du budget) à ces travaux, qui sont exécutés par voie de marché de gré à gré avec concurrence, comprenant trois lots (cimetière de l'Est et sa circonscription, cimetière du Nord et sa circonscription, cimetière du Sud et sa circonscription).

c) **Gardiennage et surveillance des cimetières.** — La plus forte dépense des cimetières est celle du personnel, qui comprend : 1° les conservations ; 2° le service central.

1° Les cinq cimetières centraux ont seuls une organisation complète : ils comprennent chacun un conservateur, un receveur, un commis géomètre, puis des commis, des gardes et des fossoyeurs selon les besoins du service. Il manque aux petits cimetières le receveur et le commis géomètre ; mais l'agent placé à leur tête (sous-conservateur ou gardien conservateur) est, comme le conservateur du cimetière central, le chef du service dans son cimetière : ses attributions, sauf la différence d'importance, sont les mêmes que celles du conservateur de grand cimetière ; il a sous ses ordres les commis, gardes et fossoyeurs nécessaires au fonctionnement du service.

Conservateur. — Le conservateur est dans le cimetière, le représentant de l'Administration municipale ; il est le chef du personnel dont il dirige et surveille le travail. Il fait exécuter les règlements et décisions de l'Administration, veille au bon ordre, reçoit les réclamations et demandes de toute nature, les transmet à l'Administration dont il reçoit directement les instructions.

Si le receveur est comptable des fonds municipaux versés entre ses mains, le conservateur est comptable des terrains de son cimetière : nous avons vu plus haut qu'au point de vue des exhumations et des transports, il est le délégué du Préfet de Police, et agit comme commissaire spécial.

Receveurs. — Outre les fonctions d'ordre financier dont ils sont chargés et dont le mécanisme a été suffisamment exposé ci-dessus, les receveurs suppléent les conservateurs lorsqu'ils sont absents ou empêchés. Ils sont aidés pour la tenue de leurs écritures par les commis expéditionnaires.

Commis géomètres. — Ces agents, dont l'institution ne date que du 1er janvier 1883, sont chargés de tous les travaux techniques dans les cimetières de leur circonscription ; ils appliquent sur le terrain les lotissements adoptés par l'Administration, donnent les alignements des concessions, surveillent les constructions de caveaux, préviennent les anticipations et occupations irrégulières de terrains, examinent les demandes d'addition, de changements d'emplacements, de sursis, de rétrocession, etc., sur lesquelles ils font leur rapport à l'Administration centrale. Depuis l'institution de ces agents, l'Administration a pu entreprendre le grand travail de l'établissement du cadastre des cimetières ; ce travail, devant l'importance et la dépense duquel on avait reculé jusqu'ici, et qui devenait de plus en plus indispensable, est entièrement terminé.

Gardes. — Les gardes des cimetières sont des gardes particuliers de la Ville de Paris ; à ce titre, ils sont assermentés et sont investis du droit de dresser des procès-verbaux faisant foi jusqu'à inscription de faux. Leur nombre est actuellement de cent trente-cinq, dont cinq brigadiers et quinze sous-brigadiers.

Fossoyeurs. — La Ville emploie pour les travaux de fossoyage des ouvriers en nombre variable, selon les besoins du service, et payés à la journée, soit 5 francs pour les ouvriers ordinaires et 6 francs pour les chefs fossoyeurs. Les conditions d'admission sont d'avoir moins de 40 ans et d'être Français. Leur nombre varie selon les besoins du service ; il est naturellement plus élevé en hiver, où la mortalité est plus forte, en même temps que les journées de travail sont plus courtes, et le travail lui-même plus pénible. Les fossoyeurs sont choisis par l'inspecteur des cimetières, qui les envoie dans les divers cimetières, assure le paiement de leurs salaires, et prononce leur renvoi, en cas soit de faute grave, soit de diminution du nombre des ouvriers embauchés.

Contrôle des services extérieurs. — Tous les agents ci-dessus sont placés sous la direction du bureau administratif des cimetières : auprès de celui-ci est placé un agent supérieur préposé au service extérieur. C'est l'inspecteur des cimetières chargé de la surveillance du personnel et de la vérification, tant de la comptabilité matière (contrôle des terrains) que de la comptabilité financière. Il est assisté : 1° d'un contrôleur, chargé sous sa direction de la vérification des écritures des receveurs ; 2° d'un géomètre principal chargé du service technique, qui contrôle le travail des commis géomètres attachés aux divers cimetières, prépare les projets d'aménagement et d'agrandissement des cimetières et dresse les plans généraux de lotissement.

Ajoutons pour terminer : 1° que chaque soir chaque conservateur adresse à l'Administration centrale une feuille relatant les opérations effectuées pendant la journée dans son cimetière ; 2° que, à des époques périodiques, une conférence réunit les conservateurs des cimetières, sous la présidence du Directeur, en présence du chef de la division, du chef du bureau administratif et de l'inspecteur des cimetières. Dans cette réunion, on examine les questions à l'ordre du jour, et les mesures à prendre pour améliorer le service. Toutes les fois que l'ordre du jour intéresse le service des plantations, M. l'Ingénieur en chef est prié d'assister à la réunion, où sont débattues et adoptées d'un commun accord les solutions de questions concernant les deux services. Telle est l'organisation qui a permis d'imprimer une marche uniforme à un service extrêmement divisé, et de donner aux affaires toutes délicates et urgentes qui se présentent, des solutions aussi rapides que possible.

d) **Dépenses diverses.** — Il reste à dire quelques mots des autres dépenses figurant annuellement au budget des cimetières. Ce sont d'abord les dépenses de matériel nécessaires pour assurer le service des conservations, telles que l'éclairage, le chauffage, les frais de bureau du conservateur et des géomètres ; la fourniture, l'entretien et les réparations des outils et du matériel du fossoyage, la fourniture de substances désinfectantes, etc. Ces dépenses font l'objet de crédits administrés par le bureau des cimetières, qui fait les commandes aux fournisseurs sur le vu de bons émanant de l'inspecteur.

Un crédit spécial est affecté aux levés de plans dressés par les géomètres, soit pour des études d'ensemble, soit pour les aménagements et les allotissements des divisions. Un autre crédit sert à acquitter les dépenses nécessitées par les travaux de la commission d'assainissement des cimetières, dont il sera question plus loin (voir page 41).

Enfin, un crédit est inscrit au budget pour les rétrocessions de terrains dans les cimetières. Cette dépense peut être considérée comme une dépense d'ordre, puisque la Ville ne l'effectue que pour rentrer en possession de terrains qu'elle concède à nouveau. Aux termes d'un arrêté préfectoral du 11 mai 1847, la Ville accepte la résiliation des actes de concessions à perpétuité de terrains dans les cimetières aux conditions suivantes :

1° Les concessionnaires doivent rendre les terrains concédés, libres de corps et de constructions, comblés et nivelés.

2° La Ville ne rembourse que la somme représentative de la part à elle attribuée dans le prix payé pour la concession originaire, la somme attribuée à l'Assistance publique dans le prix de la concession restant acquise aux pauvres.

3° Les frais de timbre et d'enregistrement de l'arrêté d'annulation sont à la charge des parties rétrocédantes.

L'arrêté du 11 mai 1847 réglait également les rétrocessions de concessions conditionnelles, ce qui n'a plus qu'un intérêt historique depuis la suppression de ces concessions : si le terrain était rendu dans la première année de la concession, la Ville remboursait l'intégralité de la somme à elle attribuée dans le prix de la concession ; dans le cas où le terrain était rendu plus d'un an, et moins de cinq ans après l'occupation, la Ville remboursait la moitié de la dite somme.

Les rétrocessions de concessions temporaires sont réglées par les arrêtés préfectoraux de 1er décembre 1845 et 29 mai 1852 ; aux termes de ces arrêtés, les titulaires de concessions temporaires qui auraient fait exhumer les corps inhumés dans ces concessions, sont admis à réclamer le remboursement du prix de celles-ci, lorsque la remise du terrain aura été faite avant le 31 décembre de l'année dans laquelle il a été pris et que la fosse aura été réoccupée dans le même délai. Toutefois les concessions temporaires acquises du 1er novembre au 31 décembre peuvent être rendues jusqu'au dernier jour de février de l'année suivante et ce, sans condition de réoccupation.

La Ville dans ce cas, rembourse le prix intégral de la concession, soit 50 francs.

III

Histoire abrégée des Cimetières de Paris

Sous l'ancien régime, où le catholicisme était la religion d'Etat, le soin d'inhumer les morts était dévolu aux diverses paroisses de Paris ; chacune avait son cimetière où l'on enterrait les décédés pauvres, les riches étant généralement inhumés dans l'église même ou dans un enclos y attenant, ainsi qu'il a été dit plus haut.

Dans les temps les plus reculés, les principes de la loi romaine étant encore appliquée (Loi des XII Tables ; *in urbe ne sepelito neve urito*) les cimetières étaient situés hors la ville, et les superpositions de corps y étaient interdites.

Les plus anciens cimetières parisiens dont il soit fait mention furent établis dans ces conditions ; c'étaient ceux de Saint-Magloire (sous Clotaire) et de Saint-Paul (sous Dagobert). Dans le courant du xe siècle, on ouvrit le cimetière des Innocents, au lieudit les Champeaux en dehors de l'enceinte de la ville. Philippe-Auguste le fit enclore de murs en 1186 ; agrandi en 1218 et porté à une superficie de 1,700 toises carrées, ce cimetière semble avoir été alors le seul cimetière de Paris, toutes les paroisses y envoyant leurs convois. Il ne tarda pas à être entièrement rempli, et tout nouvel agrandissement étant devenu impossible par suite des nombreuses constructions qui l'entouraient, on dut, pour le mettre en état de recevoir les 3.000 corps qu'il recevait par an, y creuser des fosses communes dont l'usage se maintint jusqu'à la Révolution, et dont Fourcroy a laissé la description suivante :

« On appelait fosses communes, des cavités de 30 pieds de profondeur et « de 20 de largeur dans les deux diamètres dans lesquelles on plaçait par rangs « très serrés les corps des pauvres renfermés dans leurs bières. La nécessité « d'en entasser un grand nombre obligeait les hommes chargés de cet emploi « de placer les bières si près les unes des autres, qu'on peut se figurer ces « fosses remplies comme d'un massif de cadavres, séparés par des planches « d'environ six lignes d'épaisseur. ces fosses contenaient chacune de 1,000 à « 1,500 cadavres. Lorsqu'elles étaient pleines, on chargeait la dernière couche « de corps d'environ un pied de terre et on creusait une nouvelle fosse à « quelque distance. C'étaient autant de vastes foyers de corruption que con- « tenait cette enceinte. Cependant le sol gonflé par ces dépôts si nombreux, « excédait de plus de 8 à 10 pieds le niveau des rues, avec lequel il fallait « parvenir à l'accorder. Enfin d'innombrables milliers d'ossements successi- « vement rejetés du sein de cette terre, qui depuis longtemps rassasiée de « funérailles s'ouvrait encore chaque jour pour s'en pénétrer de nouveau, « étaient entassés sous les toits des charniers et contenaient les débris de « plusieurs générations que le temps avait englouties. ».

L'augmentation constante de la population, et la création de nouvelles paroisses avaient depuis longtemps fait créer de nouveaux cimetières, de telle sorte qu'en 1763, le charnier des Innocents ne recevait plus que les convois de vingt-deux paroisses, presque toutes situées dans la Cité.

Les autres cimetières, situés d'abord aussi près que possible des églises dont ils dépendaient (bien qu'en dehors de l'enceinte) et transportés plus loin au fur et à mesure de la progression des constructions résultant de l'accroissement constant de la Ville et de ses faubourgs, n'avaient pas la légendaire célébrité du charnier des Innocents, mais le même système d'inhumation y était pratiqué. On enterrait d'ailleurs à peu près partout : au XVIIIe siècle, outre les quinze cimetières publics existants, il y avait à Paris, quatre abbayes d'hommes, quarante-deux couvents d'hommes, douze séminaires, huit abbayes de filles, quarante-quatre couvents de filles, quinze communautés et environ cinquante paroisses, dix églises paroissiales, quatre-vingt chapelles et vingt chapitres, qui tous ou presque tous recevaient des corps morts (1).

Les réclamations soulevées par cet état de choses furent si vives et si générales que le Parlement de Paris s'en émut, et rendit le 12 mars 1763, un arrêt ordonnant aux marguilliers et fabriques de fournir un mémoire sur l'état des cimetières. Ces mémoires ayant été fournis, le Parlement rendit le 21 mai 1765 un arrêt de réglement contenant dix-neuf articles.

Cet article interdisait de faire aucune inhumation dans les cimetières actuels de Paris à compter du 1er janvier 1766 ; il prescrivait de laisser ces cimetières en leur état actuel ; il défendait d'inhumer dans les églises d'autres personnes que les curés, etc., et ce à la charge d'y mettre les corps dans des cercueils de plomb (étaient compris dans les exceptions les décédés pour lesquels il était payé 2.000 livres à la fabrique) ; il prescrivait de choisir hors la ville huit terrains entre lesquels devaient être réparties les inhumations de toutes les paroisses de Paris (2), de les enclore de murs de dix pieds d'élévation de n'y creuser des fosses communes qu'à condition de les renouveler au plus tard trois fois par an et de combler l'ancienne fosse même non remplie ; enfin

(1) Les Juifs sous Philippe-Auguste avaient deux cimetières, l'un rue Galande, l'autre rue de la Harpe, ce dernier fut fermé en 1271. Les protestants avaient au XVIIe siècle un cimetière au faubourg Saint-Germain, rue des Saints-Pères. Ce fut un édit de novembre 1787 qui chargea les Maires d'approprier un cimetière pour les sépultures des personnes auxquelles la sépulture religieuse n'était pas accordée.

(2) Le premier devait être situé à la chaussée d'Antin, c'était l'ancien cimetière paroissial de Saint-Roch agrandi ;

Le deuxième vers la Croix-Cadet, aux Porcherons ;

Le troisième rue des Marais-Saint-Martin, vis-à-vis la rue des Vinaigriers ;

Le quatrième rue du Chemin-Vert, près Pincourt, au-dessus des Annonciades ;

Le cinquième à la Croix, sur le chemin de Vaugirard, près le Moulin de la Pointe ;

Le sixième sur la grande route d'Orléans, à main droite de la demi-lune du boulevard ;

Le septième sur le chemin nouveau du boulevard, près l'hopital de la Santé ;

Le huitième au-dessus de la demi-lune du boulevard allant au chemin de Vitry.

de n'y planter ni arbres ni arbrisseaux. (Le décret de prairial contient une prescription absolument contraire.)

Les dispositions si sages de l'arrêt de 1765 ne furent qu'incomplètement exécutées. Le délai d'un an qu'il accordait pour modifier l'ancien état de choses, et qui, il faut le reconnaître, était bien court, s'écoula sans que les scandales du cimetière des Innocents fussent supprimés. Ce ne fut qu'en 1785 après de longs pourparlers entre l'autorité ecclésiastique et l'autorité municipale que ce charnier fut définitivement fermé, et les ossements qu'il contenait transportés aux catacombes.

Les inhumations provenant des paroisses que desservait précédemment le cimetière des Innocents furent effectuées à partir de 1783 dans le cimetière Sainte-Catherine, rue du Fer-à-Moulin, tout à côté de l'enclos de Clamart qui servait aux inhumations de l'Hôtel-Dieu et de l'hôpital de la Trinité.

Les paroisses de Saint-Sulpice, de Saint-Eustache et de Saint-Roch exécutèrent à la même époque, en ce qui les concernait, l'arrêt du Parlement. La première transféra, en 1784, ses deux cimetières de la rue des Aveugles et de la rue de Bagneux dans un terrain situé rue de Vaugirard, entre les barrières de Vaugirard et de Sèvres (un terrain contigu fut acheté par l'Hôtel des Invalides pour servir de cimetière particulier). La paroisse Saint-Roch transféra en 1787 son cimetière de la rue de la Chaussée-d'Antin en un terrain sis au pied de la butte Montmartre, rue Royale (actuellement rue Houdon). La paroisse Saint-Eustache agrandit, à la même époque, son cimetière du faubourg Montmartre, qu'elle utilisait précédemment, conjointement avec le cimetière des Innocents et le cimetière Saint-Joseph.

Quant aux autres paroisses, elles continuèrent à se servir de leurs anciens cimetières paroissiaux.

La loi du 15 mai 1791, en transférant la propriété des cimetières aux autorités communales, supprima le grand obstacle qui s'opposait à l'exécution de l'importante réforme réclamée par l'opinion publique, obstacle résultant du partage de pouvoirs maintenu en cette matière entre l'autorité civile et l'autorité ecclésiastique. La municipalité de Paris s'occupa activement de cette question :

tout en laissant subsister et en utilisant les anciens cimetières paroissiaux, elle affecta spécialement aux inhumations les cimetières de Sainte-Catherine et de Vaugirard dont il a été question ci-dessus, pour les inhumations de la rive gauche, le cimetière Montmartre et celui de l'ancienne paroisse de Sainte-Marguerite pour les inhumations de la rive droite.

Un arrêté du Corps municipal du 26 prairial an II affecta à l'inhumation des suppliciés de la place du Trône le cimetière de l'ancien couvent de Notre-Dame-de-Lépante, appartenant à la communauté des religieuses chanoinesses de Saint-Augustin (Picpus). Les suppliciés de la place de la Révolution étaient inhumés dans un grand terrain dépendant de la paroisse de la Madeleine et servant de potager aux religieuses bénédictines de la Ville-l'Évêque. Ce dernier cimetière fut fermé et 1793 et remplacé par le cimetière de Mousseaux situé entre la rue des Errancis, la rue de Valois et le mur d'enceinte, et contigu à la Folie-Chartres (parc Monceaux).

Ces trois cimetières de Picpus, de la Madeleine et de Mousseaux n'eurent jamais un caractère définitif et les terrains ne tardèrent pas à être vendus à des particuliers. Une partie du cimetière de Picpus fut acquise par la famille Salm Kyrburg et par d'autres parents des suppliciés de la place du Trône : c'est la l'origine du cimetière particulier de Picpus dont il sera question plus loin.

A la même époque, le Département des Travaux Publics de Paris décrétait l'ouverture de quatre grands cimetières de vingt arpents chacun qui devaient être situés : le premier à la butte du Montparnasse, à l'emplacement du cimetière de l'hôpital de la Charité agrandi ; le deuxième dans la plaine d'Ivry au-dessus de la Salpêtrière ; le troisième à la barrière Saint-Antoine, dans les vignes plantées entre l'ancien chemin de Lagny et la route de Montreuil ; le quatrième dans la plaine de Clichy au bas des Batignolles vers l'enfourchement des routes de Clichy et de Saint-Denis (1).

(1) Ces renseignements résultent de documents fort curieux dus à l'obligeance de M. Prillieux, inspecteur général de l'enseignement agricole, qui a bien voulu donner à l'Administration les pièces relatives aux travaux exécutés par M. Fromentin son aïeul, pour l'arpentage et l'estimation des terrains compris dans le périmètre des cimetières projetés.

Les événements politiques ne permirent pas de donner suite à cette décision et jusqu'en 1804 toutes les inhumations parisiennes furent effectuées dans les quatre cimetières de Sainte-Catherine, de Vaugirard, de Montmartre et de Sainte-Marguerite. Ce fut le Préfet Frochot qui dota Paris de cimetières en rapport avec la grandeur de la ville et les exigences du service des inhumations. Le 2 ventôse an IX (12 mars 1801) il prit un arrêté décidant que trois grands enclos de sépulture seront établis hors de la Ville de Paris : le premier au Nord, le second à l'Est, le troisième au Sud.

En fait, cet arrêté ne fut pas exécuté sans modification, et à partir de 1804, quatre cimetières furent affectés aux inhumations, savoir : au Sud-Est, le cimetière Sainte-Catherine ; au Sud-Ouest, le cimetière de Vaugirard ou de l'Ouest; au Nord, le cimetière du Champ-du-Repos (sous Montmartre) ; à l'Est, le cimetières de Mont-Louis (Père-la-Chaise), acquis à cet effet par la Ville en vertu de la loi du 17 floréal an XIII (7 mai 1803) (1), et qui remplaça le cimetière Sainte-Marguerite.

Les trois premiers cimetières déjà encombrés de sépultures, ne purent longtemps suffire aux inhumations de leur circonscription : ils durent être fermés successivement, celui du Champ-du-Repos à une date qu'on ne peut déterminer précisément, mais qui semble pouvoir être fixée entre 1806 et 1808 ; celui de Sainte-Catherine, en 1820 ; celui de l'Ouest, en 1824. On les remplaça par le cimetière du Nord (Montmartre agrandi) et par le cimetière du Sud (Montparnasse) (1), dans lequel l'Assistance publique inhumait depuis 1819 les corps non réclamés provenant des hôpitaux de Paris. (Le cimetière des hôpitaux fut à ce moment transféré dans un enclos contigu au cimetière Montparnasse qu'il longeait sur toute sa profondeur du boulevard de Montrouge à la rue du Champ-d'Asile.)

Ce furent ces trois cimetières de l'Est, du Nord et du Sud qui, à l'aide d'agrandissements successifs dont on verra plus loin le détail, assurèrent le service des inhumations parisiennes. Toutefois, à mesure que l'augmentation

(1) Voir plus loin les notices spéciales à chacun de ces cimetières.

constante de la population parisienne s'accroissait, la situation des cimetières devenait de plus en plus précaire, les agrandissements ne pouvaient s'étendre indéfiniment et soulevaient des réclamations sans cesse plus vives et plus justifiées des communes suburbaines dont on prenait le territoire; d'autre part, les concessions perpétuelles, dont le nombre et la proportion croissaient en raison de la progression de la fortune publique et de la diminution du prix de l'argent, réduisaient chaque jour les surfaces disponibles. En présence de cette situation, l'Administration profita de la nécessité absolue et urgente où elle se trouvait, de tranférer le cimetière des hospices, enclavé dans celui du Sud et dont le sol, entièrement saturé, ne pouvait plus recevoir d'inhumations nouvelles (1). Elle obtint le 12 août 1857, un décret déclarant d'utilité publique, la création d'un cimetière sur les territoires de Gentilly et d'Ivry, lequel serait destiné principalement à l'inhumation des corps provenant des hôpitaux et hospices de la Ville de Paris, et dont une partie servirait aux inhumations ordinaires. Les formalités nécessaires pour l'expropriation des terrains occupés dans le périmètre de ce cimetière et les travaux préparatoires d'aménagement ne permirent de l'utiliser qu'au 1er octobre 1861 (arrêté du 14 septembre 1861).

L'annexion, en 1860, des communes suburbaines comprises dans l'enceinte fortifiée de Paris vint apporter un trouble profond dans le service des cimetières. L'extension de la Ville avait pour effet : 1° de placer dans l'intérieur de la Ville agrandie, et, par conséquent en dehors des prescriptions du décret de prairial les trois cimetières de l'ancien Paris, et la plupart (11 sur 14) des cimetières de la banlieue annexée; 2° d'imposer au service des cimetières le soin de pourvoir aux inhumations d'une population nouvelle de 500,000 âmes. La loi d'annexion du 16 juin 1859 ne para qu'à la première de ces difficultés en dispensant la Ville de Paris de l'obligation qui lui incombait légalement de transférer hors de son enceinte les cimetières intérieurs. Mais la deuxième difficulté subsistait toute entière, et d'autant plus grave que les cimetières de

(1) Dès 1847, l'Administration avait pensé, à tranférer à Ivry le cimetière des hôpitaux; l'enquête préliminaire à la déclaration d'utilité publique avait été faite, et les événements politiques avaient seuls empêché la réalisation immédiate du projet.

la banlieue annexée, d'une superficie très exiguë d'ailleurs (superficie totale 21 hectares 58 ares 28 centiares pour 500,000 âmes, cimetières de l'ancien Paris 81 hectares 58 ares pour 1,200,000 âmes), étaient encore plus encombrés que ceux de Paris. Il devenait dès lors nécessaire de se préoccuper de créer pour la Ville agrandie des cimetières définitifs : en attendant la solution de cette question qui devait forcément demander de longues études, il n'y avait qu'à utiliser les terrains qu'on possédait dans les cimetières de l'ancien Paris et dans ceux de la banlieue annexée, que l'arrêté préfectoral du 20 décembre 1859 assimila aux cimetières parisiens pour le tarif des concessions et l'exécution des règlements. Cet arrêté fixait les circonscriptions nouvelles des cimetières ; mais son effet ne pouvait être de longue durée ; il y avait une trop grande disproportion entre les exigences du service et les moyens dont on disposait pour y satisfaire. On fut bientôt obligé d'avoir recours à une série d'expédients, consistant à fermer chacun des cimetières annexés aussitôt qu'ils étaient remplis, et à les rouvrir aussitôt que l'expiration du temps réglementaire permettait de mettre en reprise une certaine quantité de terrain. Ces expédients, indignes d'une ville comme Paris, nécessitaient des remaniements continuels des circonscriptions, qui troublaient profondément les habitudes des familles, et excitaient un mécontentement trop justifié. L'ouverture, au 1er octobre 1861, du cimetière parisien d'Ivry (ancien) dont il a été question ci-dessus ne fut qu'un palliatif insuffisant de la situation, qui s'aggravait de jour en jour par suite de l'accroissement de la population parisienne et de l'envahissement des cimetières intérieurs par les concessions perpétuelles.

L'Administration préoccupée de cette situation, et vivement désireuse d'apporter dans le régime des cimetières, notamment en ce qui concernait la tranchée gratuite, des améliorations réclamées universellement et d'ailleurs commandées par la loi, avait chargé les ingénieurs de la Ville de rechercher les emplacements les plus propres à recevoir des nécropoles assez vastes pour assurer le service durant de longues années. Ces ingénieurs se livrèrent à des études approfondies et consciencieuses sur tous les terrains situés au voisinage de Paris, dans un rayon même assez éloigné ; frappés des inconvénients et des dangers que l'opinion publique attribuait alors d'une manière générale au voisinage des cimetières, ils pensèrent qu'au système suivi jusqu'alors, consistant à choisir dans les alentours immédiats de la Ville plusieurs emplacements entre lesquels se répartiraient les inhumations, il convenait d'en substituer un autre, concentrant dans un seul emplacement plus vaste et plus éloigné toutes les inhumations, sauf à relier cet emplacement à la Ville par un système de transports rapides.

Ils désignèrent à cet effet trois emplacements comme remplissant au point de vue géologique et par leur situation les conditions nécessaires à l'établissement d'un cimetière : l'un au sud de Paris, entre Massy et Wissous ; l'autre au nord à Blanc-Mesnil, et le troisième, auquel ils donnaient la préférence à tous égards, à Méry-sur-Oise, au nord-ouest de Paris. Tous les trois étaient situés dans le département de Seine-et-Oise.

L'Administration municipale, adoptant les conclusions des Ingénieurs, se prononça pour ce dernier emplacement qui réunissait incontestablement les meilleures conditions au point de vue tant de la surface (827 hectares) que de la nature du sol, essentiellement perméable et de la situation au nord-ouest de Paris, du côté d'où le vent souffle le moins fréquemment sur la Ville.

En regard de ces avantages, l'emplacement choisi présentait de sérieuses difficultés, résultant de sa situation dans le département de Seine-et-Oise, en dehors de la compétence territoriale du Préfet, et surtout de son éloignement qui nécessitait le transport des corps par voie ferrée.

Ces obstacles n'empêchèrent pas une Commission administrative, nommée par arrêté du 13 juillet 1867, d'adopter des conclusions favorables au projet.

Parallèlement aux études de cette Commission, l'Administration avait pensé, pour faciliter l'opération et la rendre moins coûteuse, à acquérir à l'amiable une partie importante des terrains à comprendre dans le cimetière ; terrains divisés en 7,000 à 8,000 parcelles, possédées par plus de 1,000 propriétaires.

Avec l'autorisation d'une Commission spéciale du Conseil municipal des pouvoirs étendus furent donnés à cet effet à l'un des notaires de la Ville. De janvier à novembre 1866, il put faire par voie d'engagements sous seings privés, sinon entièrement réaliser par actes notariés, 717 traités donnant environ 513 hectares, moyennant 1,226,528 francs, ce qui portait la somme du prix de chaque hectare à 2,390 francs.

Tel était l'état de l'affaire lorsqu'à la suite d'interpellations qui se produisirent à la Chambre, le Gouvernement ayant pris l'engagement de soumettre la question des cimetières parisiens au Corps législatif, fit suspendre les études et les négociations en cours.

Cet ajournement, aussi bien que la grande difficulté de relier au cimetière unique, à Méry, les arrondissements de la rive gauche, détermina l'Administration à pousser plus activement les études entreprises en vue de donner satisfaction aux besoins sans cesse croissants du service des inhumations. Divers projets furent tour à tour examinés, savoir : 1° la création d'un cimetière de 8 hectares 19 ares 49 centiares à Billancourt, rejeté comme insuffisant; 2° la création d'un cimetière de grande dimension sur le plateau de Chevilly, desservi par un chemin de fer américain à établir sur la route de Fontainebleau. Ce projet fut écarté par suite de l'opposition du service des eaux, qui redoutait la pollution des nappes souterraines alimentant les sources d'Arcueil et de Rungis; 3° l'agrandissement des cimetières de Saint-Ouen et d'Ivry. Ce dernier projet fut accepté comme solution temporaire, et par délibération du 1er juillet 1870, le Conseil municipal autorisait l'Administration à acquérir 20 hectares de terrain qui seraient ajoutés, savoir : 9 hectares 50 ares au cimetière d'Ivry et 10 hectares 50 ares à celui de Saint-Ouen.

Les événements qui survinrent peu de temps après ajournèrent la réalisation de ce projet. Pendant le siège de Paris, les ressources, déjà si insuffisantes dont on disposait pour le service des inhumations, se trouvèrent encore diminuées. Le 10 septembre 1870, on dut fermer les cimetières *extra muros*, qui se trouvaient exposés au feu de l'ennemi, et rouvrir les cimetières intérieurs de la banlieue annexée. La mortalité ayant en outre, pendant cette triste période, augmenté dans des proportions extrêmes, les inhumations envahirent jusqu'aux allées des cimetières.

Dès que les circonstances le permirent, l'Administration s'empressa de reprendre les projets relatifs à l'agrandissement des cimetières d'Ivry et de Saint-Ouen. Une délibération du Conseil municipal du 15 septembre 1871 autorisa l'acquisition de 14 hectares 41 ares 66 centiares à Saint-Ouen, et de 13 hectares 81 ares à Ivry. Afin de réserver l'avenir, le Conseil déclarait que les cimetières ainsi agrandis seraient affectés exclusivement aux inhumations gratuites et aux concessions temporaires.

En vertu d'un décret d'utilité publique du 28 mai 1872, ces terrains furent expropriés et livrés au service des inhumations, savoir : ceux de Saint-Ouen, le 1er septembre 1872 ; ceux d'Ivry, le 1er janvier 1874.

A ce moment, un arrêté préfectoral du 26 novembre 1873 régularisa le service des inhumations gratuites et en concessions temporaires, en disposant que ces inhumations auraient lieu exclusivement dans les cimetières *extra muros*, entre lesquels étaient répartis les divers arrondissements. Le principe de cet arrêté subsiste, bien que les nécessités impérieuses du service aient, à deux reprises différentes, obligé l'Administration à affecter, pendant quelque temps, aux inhumations gratuites et aux concessions temporaires des cimetières intérieurs (1879, cimetières de Vaugirard et de la Villette ; 1884, cimetière de Belleville).

L'agrandissement des cimetières de Saint-Ouen et d'Ivry n'était qu'un palliatif temporaire à une situation intolérable ; la surface additionnelle n'ayant été déterminée qu'en vue de prolonger la durée des cimetières pendant une période d'environ quatre ans, l'accroissement continu de la population parisienne, la rapide diminution des terrains des cimetières *intra muros* réservés aux concessions perpétuelles, imposaient aux représentants élus de la Ville aussi bien qu'à l'Administration municipale l'obligation de donner à la grave question des cimetières parisiens, depuis si longtemps en suspens, une solution définitive. Le Conseil municipal ne recula pas devant cette tâche et aborda résolument l'examen de la question. Deux systèmes bien tranchés se trouvaient en présence :

Le premier adoptait Méry comme seul cimetière parisien ; le deuxième consistait à établir autour de Paris quatre ou cinq cimetières périphériques. Enfin, quelques membres du Conseil, frappés des inconvénients des deux systèmes, demandaient qu'on étudiât la substitution de la crémation facultative au mode actuel d'inhumation des corps. Après une discussion très vive, qui occupa plusieurs séances, et pour les détails de laquelle nous ne pouvons que renvoyer aux procès-verbaux ainsi qu'aux Rapports et Mémoires annexés (1), le Conseil, par délibération du 14 août 1874, adopta le projet d'établissement d'un grand cimetière à Méry, relié à Paris par un chemin de fer spécial, et invita l'Administration à ouvrir un concours dans le but de rechercher le meilleur procédé pratique d'incinération des corps.

Malgré l'importance de cette délibération, comme elle ne prenait aucune décision ferme, les questions qu'elle soulevait ne reçurent aucune solution.

Les longues et minutieuses études entreprises par l'Administration relativement au chemin de fer donnant accès à Méry aboutirent à la présentation de projets successifs plus dispendieux les uns que les autres :

1° Chemin de fer du cimetière du Nord à Méry, par Argenteuil et Cormeilles, dépense prévue 22,980,000 francs ;

2° Chemin de fer du cimetière du Nord à Méry par les lignes de la Compagnie du Nord avec raccordements, dépense 15,310,000 francs;

3° Établissement de deux cimetières, Méry et Wissous, ayant chacun son chemin de fer, dépense 45,262,000 francs.

Il faut reconnaître que ces évaluations de dépenses constituaient uun véritable impossibilité de donner suite au projet.

Le Conseil municipal, justement effrayé, invita, par délibération du 15 février 1879, l'Administration à charger une Commission, composée de chimistes, de médecins, d'hygiénistes et d'ingénieurs, de l'étude des questions suivantes :

(1) Voir les procès-verbaux des séances des 13 décembre 1872, 29 mars et 8 juin 1873, 16 avril, 7 mai, 16 et 20 juin, 2 et 18 juillet, 4, 6, 8, 10, 11, 13 et 14 août 1874. Rapports de M. Hérold annexés aux séances des 11 avril et 18 juillet 1874. Rapports du Directeur des travaux de Paris et du Directeur des eaux et égouts.

Rechercher : 1° si, par l'emploi d'agents physiques ou chimiques, combinés, s'il y a lieu, avec le drainage, l'assainissement des cimetières actuels peut être réalisé ;

2° Si, par ces moyens, l'assainissement peut être assuré pour l'avenir ;

3° Si la disparition des parties organiques des corps inhumés peut être activée par l'addition, dans la bière ou dans le sol des cimetières, de substances chimiques ou autres ;

4° Si cette addition n'entraine avec elle aucun inconvénient sérieux.

Conformément à cette délibération, une Commission d'assainissement des cimetières fut instituée par arrêté du 4 mars 1879 ; après deux années d'études et d'expériences (1), cette Commission adopta, dans la séance du 7 mars 1881, les conclusions du Rapport général de M. du Mesnil, déclarant que, dans les conditions actuelles d'inhumation, les prétendus dangers du voisinage des cimetières sont illusoires, que les gaz, délétères ou gênants, produits par la décomposition des corps inhumés à 1 mètre 50, n'arrivent pas à la surface du sol ; que, dans un sol perméable, la décomposition des corps est complètement opérée dans la période légale de cinq ans ; qu'un drainage méthodique pourrait abréger notablement ce délai ; enfin, qu'il n'y a pas à craindre l'infection des puits du voisinage situés à la distance réglementaire des cimetières.

Pendant que ces études se poursuivaient, il devenait indispensable d'aviser encore une fois à assurer le service des inhumations pour les besoins desquels les disponibilités existantes étaient devenues insuffisantes.

En effet, en ce qui concerne les cimetières intérieurs affectés aux concessions perpétuelles et conditionnelles, le nombre des terrains vacants diminuait dans une proportion des plus inquiétantes, par suite de l'accroissement considérable des demandes de concessions conditionnelles, et l'on pouvait prévoir à très bref délai l'entière occupation de ces cimetières.

Pour les cimetières *extra muros*, la situation était encore plus précaire ;

(1) Voir pour le détail, le remarquable rapport de M. le docteur du Mesnil. (Paul Dupont, 1881.)

comme on l'a dit, l'agrandissement de 1872 n'avait été calculé que pour une durée de quatre ou cinq ans.

Il y avait donc urgence : 1° à s'opposer à l'envahissement des cimetières intérieurs réservés aux concessions perpétuelles ; 2° à prolonger la durée des cimetières *extra muros* jusqu'à la solution définitive de la question des cimetières parisiens : 1° Ainsi qu'il a été dit plus haut (p. 15) un arrêté préfectoral du 17 juillet 1877 approbatif d'une délibération du Conseil municipal du 10 juillet 1877 prononça, à partir du 1er août 1877, la suppression des concessions conditionnelles ; 2° l'Administration proposa au Conseil municipal l'annexion aux cimetières de Saint-Ouen et d'Ivry de terrains contigus à ces cimetières de surfaces additionnelles.

Le Conseil, ayant par délibération du 12 mai 1877, adopté cette proposition, un décret du 25 septembre 1877, déclara d'utilité publique l'adjonction au cimetière de Saint-Ouen (nouveau) de 4 hectares 87 ares 28 centiares et au cimetière d'Ivry (nouveau) de 6 hectares 47 ares 78 centiares.

Ces agrandissements étaient encore insuffisants ; car, s'ils étaient calculés de manière à assurer le service au moyen de la réoccupation successive des terrains ayant servi aux inhumations, ce n'était qu'à la condition que le nombre de ces inhumations resterait toujours le même. Or, même en laissant de côté l'hypothèse d'une épidémie, le chiffre annuel des décès devait subir un accroissement inévitable par suite de l'augmentation continue de la population parisienne, et d'autre part l'introduction forcée d'améliorations reconnues indispensables dans le système des inhumations, notamment en ce qui concerne la tranchée gratuite, devait nécessairement accélérer l'occupation des surfaces disponibles.

Aussi dès 1879, les cimetières *extra muros* même agrandis se trouvant remplis, l'Administration se vit obligée, malgré les prescriptions formelles de l'arrêté préfectoral du 26 novembre 1873, de réoccuper pour les inhumations gratuites et temporaires, les cimetières de Vaugirard et de la Villette ; en quelques mois, les terrains libres que contenaient ces cimetières, furent occupés à leur tour, mais cette mesure avait permis d'attendre la reprise des terrains périmés dans les cimetières *extra muros*. Il était toutefois nécessaire, en présence des retards apportés à la solution définitive de la question des cimetières, d'avoir recours à un nouvel agrandissement des cimetières *extra muros*. L'Administration pensa à appliquer cette mesure non plus aux cimetières de Saint-Ouen et d'Ivry, dont les limites ne pouvaient être reculées que du côté opposé à la Ville, et dont l'éloignement soulevait des plaintes justifiées, mais aux cimetières de la Chapelle et des Batignolles, plus rapprochés des fortifications.

Par un mémoire du 22 mars 1881, M. le préfet Hérold proposait au Conseil municipal l'annexion aux cimetières des Batignolles et de la Chapelle de 10 hectares nouveaux, devant suffire à prolonger pour une période de cinq ans la durée des cimetières *extra muros*. Traitant en même temps à fond la question des cimetières, il soumettait au Conseil un projet d'appropriation partielle du cimetière de Méry, pour les concessions perpétuelles et temporaires; une entente préalable avec la Compagnie des chemins de fer du Nord permettait d'utiliser pour le transport des corps, moyennant une redevance kilométrique modérée, les lignes de la Compagnie reliées par un embranchement à la gare d'arrivée à Méry. La gare de départ étant installée dans un terrain appartenant à la Compagnie, rue du faubourg Saint-Denis. La dépense était ainsi réduite à son minimum et ne s'élevait qu'à quatre millions dont 2,400,000 francs pour Méry et 1,600,000 francs pour l'agrandissement des cimetières des Batignolles et de la Chapelle.

Ces propositions furent l'objet dans le Conseil municipal des plus vives discussions entre les partisans des cimetières périphériques, qui s'appuyant sur les conclusions du rapport de la Commission d'assainissement des cimetières, soutenaient que la véritable solution de la question consistait à créer, autour de Paris, plusieurs vastes cimetières, et les partisans du cimetière de Méry qui s'en tenaient aux termes de la délibération du 14 août 1874.

Avant que le Conseil municipal ne se fût prononcé sur ces questions, les besoins urgents du service des inhumations rendaient nécessaire une solution immédiate de la question secondaire de l'agrandissement des cimetières *extra muros*. Sur la demande de M. le préfet Floquet (mémoire du 25 janvier 1882), le Conseil municipal, par une délibération du 31 mars 1882, prononça la disjonction de l'affaire, autorisa l'agrandissement des cimetières de la Chapelle et des Batignolles, et renvoya à l'examen de la Commission d'assainissement des cimetières, l'examen et l'étude scientifique des terrains situés dans la périphérie de Paris signalés comme pouvant servir à l'établissement de cimetières parisiens.

Cette délibération ne put être exécutée entièrement. En raison des difficultés de fait qui s'opposaient à l'agrandissement du cimetière de la Chapelle, l'Administration poursuivit d'abord l'accomplissement des formalités nécessaires à l'expropriation des terrains d'agrandissement du cimetière des Batignolles. L'opération ainsi restreinte fut déclarée d'utilité publique par décret du 29 janvier 1883, et les terrains d'agrandissement, d'une surface de 6 hectares 69 ares 37 centiares purent être livrés au service des inhumations, le 1er janvier 1884. Quant au cimetière de la Chapelle, le Conseil municipal, sur la proposition de l'Administration, renonça par une délibération du 16 mai 1883 à l'agrandissement projeté.

En même temps que l'Administration poursuivait la procédure minutieuse de l'expropriation des terrains d'agrandissement du cimetière des Batignolles, la Commission d'assainissement des cimetières, réorganisée et complétée par l'adjonction de membres nouveaux, se livrait à l'étude de tous les terrains du voisinage immédiat de Paris susceptibles d'être utilisés pour l'établissement de cimetières.

Par un rapport du 16 décembre 1882, elle exposait le résultat de ses études et signalait six emplacements comme réunissant toutes les conditions requises tant au point de vue scientifique et hygiénique qu'au point de vue pratique, savoir : Bagneux, Gentilly-Arcueil, Bagnolet, Pantin-Bobigny, Saint-Ouen et Nanterre.

Le Conseil municipal fut saisi de la question par un mémoire du 22 février 1883, et un rapport de M. G. Martin au nom de la deuxième Commission en date du 18 avril 1883, dont les conclusions tendaient à la création de quatre cimetières périphériques à Bagnolet, Gentilly-Arcueil, Pantin-Bobigny et Bagneux; après une assez vive discussion, le Conseil dans sa séance du 28 juin 1883, écarta les emplacements de Gentilly-Arcueil et Bagnolet en raison du prix élevé des terrains, et, réservant expressément la question de Méry-sur-Oise, décida l'établissement de deux cimetières à Bagneux et à Pantin-Bobigny.

Cette opération a été déclarée d'utilité publique par décret du 12 mai 1884, les terrains acquis en vertu de jugements des 6 et 11 novembre 1884 et de décisions du Jury d'expropriation de février et mai 1885 ont été aménagés rapidement conformément au système exposé à la page 11 et les nouveaux cimetières ont été ouverts aux inhumations à partir du 15 novembre 1886.

Ainsi que l'Administration l'a déclaré au Conseil municipal dans la discussion, les cimetières parisiens dans les conditions où les place la délibération du 28 juin 1883, peuvent suffire à assurer pendant trente ans le service des inhumations même avec l'éventualité d'un accroissement de la population parisienne évaluée à 25,000 âmes par an. La question définitive des cimetières parisiens perd par là son caractère d'extrême urgence, mais ne peut être considérée comme entièrement résolue.

IV

Notice sur chacun des Cimetières parisiens actuels

La Ville de Paris possède actuellement dix-neuf cimetières qui sont ceux :

De l'Est (Père Lachaise) ;
Du Nord (Montmartre) ;
Du Sud (Montparnasse) ;
D'Auteuil ;
De Bagneux ;
De Batignolles ;
De Belleville ;
De Bercy ;
Du Calvaire ;
De la Chapelle ;
De Charonne ;

De Grenelle ;
D'Ivry ;
De Pantin ;
De Passy ;
De Saint-Ouen ;
De Saint-Vincent ;
De Vaugirard ;
De la Villette.

Avant de consacrer une courte notice à chacun d'eux, il convient de dire quelques mots des anciens cimetières communaux aujourd'hui désaffectés.

Ces cimetières sont au nombre de trois : le cimetière Sainte-Catherine, le cimetière de l'Ouest ou de Vaugirard et le cimetière de la Chapelle Marcadet (1).

1° Cimetière Sainte-Catherine

L'hôpital Sainte-Catherine fonda, le 2 octobre 1783, un cimetière dans un terrain situé rue de la Muette (actuellement rue du Fer-à-Moulin) contigu au cimetière de Clamart, appartenant à l'Hôtel-Dieu, et provenant de trois jardins acquis à cet effet le 31 mai 1783. A la Révolution, ce cimetière, passé, comme les autres cimetières paroissiaux en possession de la Ville de Paris, servit aux inhumations d'une partie de la rive gauche. Il reçut ainsi un certain nombre de morts illustres, tels que Mirabeau, Pichegru, etc. Il n'y existait d'ailleurs aucune concession perpétuelle. Ce cimetière, complètement rempli, fut fermé en 1820 et toutes les inhumations de la rive gauche eurent lieu

(1) Il ne paraît pas nécessaire de consacrer une notice spéciale au cimetière Sainte-Marguerite qui pendant la période révolutionnaire reçut un grand nombre d'inhumations, mais qui, étant fermé définitivement au moment du Concordat fut compris dans la série des biens non aliénés du clergé restitués au culte par l'arrêté des Consuls du 17 floréal an X.

désormais au cimetière de l'Ouest (V. ci-dessous). Par suite de l'incendie des archives de la Ville en mai 1871, tous les documents administratifs relatifs au cimetière Sainte-Catherine n'existent plus, et il n'est possible d'indiquer ni la contenance de ce cimetière ni le nombre des inhumations qui y ont été faites. Les terrains de l'ancien cimetière Sainte-Catherine sont aujourd'hui occupés en partie par les dépendances de l'Amphithéâtre d'anatomie de la rue de Fer-à-Moulin, en partie par l'École communale du boulevard Saint-Marcel. Un certain nombre de pierres funéraires provenant de cet ancien cimetière subsistaient encore dernièrement dans le jardin de l'économe de l'Amphithéâtre d'anatomie; celles qui pouvaient présenter quelque intérêt ont été transportées au musée Carnavalet.

2° *Cimetière de l'Ouest ou de Vaugirard*

En exécution de l'arrêt du Parlement du 21 mai 1765, prescrivant la fermeture des cimetières paroissiaux *intra muros*, la fabrique de Saint-Sulpice acquit des sieurs Roussel frères et Troubat par contrat des 20 et 21 décembre 1782, deux terrains situés sur le chemin de Vaugirard, lieudit la Voye de Paris ou le Fond de Marivault pour y établir son cimetière. Elle l'agrandit au moyen d'un échange avec la maison de l'Enfant-Jésus, autorisé par lettres patentes du mois d'août 1783 : le cimetière s'étendit alors jusqu'au chemin de Sèvres (rue Lecourbe).

Après avoir reçu les inhumations de la paroisse Saint-Sulpice, ce cimetière, devenu à la Révolution propriété communale, fut affecté aux inhumations de la rive gauche. Suivant le mode d'occupation alors usité, de grandes tranchées y étaient pratiquées et les corps y étaient inhumés en superposition les uns sur les autres. A partir de 1801, l'Administration toléra dans ce cimetière, sur le sol recouvrant les anciennes tranchées, des fosses particulières et individuelles sur lesquelles les familles purent faire placer des mausolées, pierres tombales et entourages.

Ce cimetière servit ainsi aux inhumations jusqu'au 25 juillet 1824, époque de l'ouverture du cimetière du Sud qui reçut désormais les inhumations de la circonscription du cimetière de l'Ouest. Il se divisait en deux parties désignées sous les titres d'ancien et de nouveau cimetière. En 1837, on décida de compléter la ligne des boulevards extérieurs entre les barrières des Fourneaux et de Sèvres, ce qui impliquait l'abandon à la voie publique d'une partie de l'ancien cimetière comprenant 1.436 sépultures.

Les familles intéressées furent invitées par un arrêté préfectoral du 4 août 1837 à faire procéder à l'exhumation des corps inhumés dans la partie retranchée du cimetière, et à l'enlèvement des signes funéraires existant sur le terrain. Les restes de plus de trois cents personnes inhumées depuis 1801 furent ainsi exhumés et transférés dans d'autres cimetières : les ossements trouvés dans le sol lors de l'exécution de l'opération de voirie furent transportés aux Catacombes. En 1856, sur la demande de la commune de Vaugirard, l'Administration préfectorale prononça la désaffectation définitive de ce qui restait de l'ancien cimetière de l'Ouest, comprenant 10.995 mètres 70 et où subsistaient encore 1.407 sépultures, et les familles furent mises en demeure de les déplacer; les ossements humains accumulés dans l'ancien ossuaire furent transportés aux Catacombes à diverses reprises de 1859 à 1863. Quant aux terrains du cimetière ils sont utilisés pour un dépôt de pavés.

Il peut être intéressant de rappeler que sur la façade ouest du cimetière de l'Ouest et sur toute la longueur de ce cimetière, il existait un terrain appartenant à l'Hôtel des Invalides et servant à l'inhumation des pensionnaires de cet hôtel. Ce terrain d'une superficie totale de 1.880 mètres 85 avait été acquis de la fabrique de Saint-Sulpice par acte sous seing privé du 7 juillet 1784. Il a cessé de recevoir les inhumations des Invalides depuis 1833, époque à partir de laquelle ces inhumations ont eu lieu au cimetière du Sud. Le terrain est resté propriété de l'État.

3° *Cimetière de la Chapelle-Marcadet*

L'ancienne commune de la Chapelle-Saint-Denis possédait depuis une époque qu'on ne peut déterminer un cimetière d'une superficie de 6 ares 34 centiares sur le Chemin des Bœufs (rue Marcadet). Ce cimetière étant devenu insuffisant par suite de l'accroissement continu de la population de la commune, un terrain contigu de 41 ares 11 centiares fut acquis pour l'agrandir (contrat du 8 janvier 1828, reçu par Mᵉ Rouquairol, notaire à la Chapelle-Saint-Denis. Vendeur, Césaire Quintaine).

Malgré cet agrandissement qui portait la superficie totale du cimetière à 47 ares 45 centiares, le développement rapide de la commune de la Chapelle-Saint-Denis et le grand nombre de constructions qui s'élevaient autour du cimetière forcèrent la commune à songer à chercher dans un endroit moins encombré un cimetière plus en rapport avec l'importance de la population.

La commune acquit donc à cet effet, sur son territoire, mais en dehors de l'enceinte fortifiée de Paris, de vastes terrains pour y transférer son cimetière. Ces acquisitions furent faites en vertu d'un décret d'utilité publique du 8 octobre 1849 et la surface du nouveau cimetière comprit 2 hectares 10 ares 10 centiares.

La commune transféra successivement dans le nouvel enclos presque toutes les concessions perpétuelles et trentenaires délivrées dans l'ancien cimetière : au moment de l'annexion de la commune de la Chapelle à Paris au 1ᵉʳ janvier 1860, il ne restait plus que neuf concessions dans le cimetière de la rue Marcadet.

Après l'annexion, le cimetière de la rue Marcadet resta fermé jusqu'au 10 septembre 1870. A cette époque, l'investissement de Paris par l'armée allemande empêchant d'utiliser pour les inhumations les cimetières *extra muros*, l'Administration dut rouvrir les cimetières intérieurs provenant des communes annexées et le cimetière de la rue Marcadet fut affecté aux inhumations du XIXe arrondissement. Il reçut ainsi du 10 septembre 1870 au 19 juin 1871, 2,811 corps. Complément rempli, il fut alors fermé définitivement. Un arrêté préfectoral du 17 juillet 1878 régularisa cette fermeture et prononça la désaffectation des terrains provenant de l'ancien cimetière de la rue Marcadet. Les neuf tombes qui s'y trouvaient encore ont été transférées au cimetière de l'Est, soit après entente amiable avec les titulaires, soit d'office, les titulaires étant inconnus et les terrains ont été remis au service du Domaine.

Avant de passer aux cimetières actuellement ouverts, il convient de dire quelques mots de l'ancien cimetière particulier de Picpus.

Ainsi qu'il a été dit ci-dessus (page 33) l'origine de ce cimetière remonte à un arrêté du corps municipal, en date du 26 prairial an II, qui prescrivit d'inhumer dans le cimetière de l'ancien couvent des sœurs de Notre-Dame-de-Lépante les corps des suppliciés de la place du Trône. 1,306 corps y furent déposés, mais sans qu'il y eût cependant établissement d'un cimetière définitif, car l'emplacement en fut compris dans la vente, comme bien national, des terrains de l'ancien couvent que les sieurs Cordival et Le Jemptel acquirent le 8 messidor an IV.

Peu de temps après cette vente, la famille du prince de Salm-Kyrburg, dont le corps reposait en ce lieu, acheta et fit entourer de murs la partie où les inhumations avaient été faites et, depuis, elle y fit enterrer plusieurs de ses membres.

Le 25 juillet 1806, douze familles de suppliciés de la barrière du Trône achetèrent de Robert Bigot, acquéreur de Le Jemptel, un terrain contigu d'une superficie de 2,923 mètres, et c'est dans une portion de ce terrain que fut établi le cimetière particulier de l'Oratoire de Picpus. Le contrat de vente passé devant Me Lherbette, notaire, portait constitution de société entre les douze acquéreurs, « sous la condition que les portions de ceux qui décéderont accroîtront aux survivants de manière que la propriété des biens qui sont l'objet de cette acquisition restera et appartiendra en totalité au dernier survivant. » Plus tard, on décida de vendre à un nouveau membre la portion disponible lors de chaque décès, et la Société prit un caractère de permanence. Elle comptait toujours douze membres choisis dans les familles des personnes inhumées dans l'enclos voisin, représentés, pour l'administration du cimetière, par un Conseil présidé par un de ses membres.

La première inhumation, autorisée par M. le Ministre des Cultes sur la proposition de M. le Préfet de police, eut lieu en germinal an XIII et une nouvelle inhumation autorisée par le Ministre de la police générale fut faite le 26 novembre 1807.

Postérieurement, le Ministre « pour ne pas perpétuer les souvenirs révolutionnaires, » refusa d'accorder de nouvelles autorisations. A partir de 1815, de nouvelles inhumations furent permises et par décisions du Ministre de l'Intérieur des 6 novembre 1823 et 20 juillet 1828, le Préfet de police fut autorisé à délivrer directement les permissions demandées par les propriétaires de Picpus.

Dès 1855, l'Administration municipale demandait la fermeture de ce cimetière, en insistant sur l'irrégularité de sa création et sur l'inconvénient qu'il y avait à laisser la Société propriétaire y faire des concessions à titre onéreux, sans contrôle de l'Administration.

En réponse à ces observations, M. le Ministre de l'Intérieur décidait, le 24 septembre 1856 qu'il y avait lieu : 1° de refuser tout agrandissement nouveau du cimetière de Picpus, 2° de limiter les autorisations d'inhumation aux descendants jusqu'au quatrième degré des victimes de 1793 inhumées dans l'enclos voisin.

A la suite d'une délibération du Conseil municipal du 16 novembre 1880, invitant l'Administration à prendre les mesures nécessaires pour prohiber toute inhumation dans le cimetière de l'Oratoire de Picpus, de nouvelles observations furent adressées à M. le Ministre de l'Intérieur, qui à la date du 2 février 1881, décida qu'il ne serait plus accordé dorénavant aucune autorisation d'inhumation dans ledit cimetière.

Cimetière de l'Est

Situation. — Le cimetière de l'Est est limité à l'ouest par le boulevard de Ménilmontant et la rue du Repos ; au nord par un chemin de ronde qui le sépare des propriétés particulières du boulevard de Ménilmontant et de la rue des Amandiers, puis par le sentier du Centre des Rondeaux ; à l'est par la rue des Rondeaux ; au sud, de l'angle de la rue des Rondeaux à l'impasse Bouland, par un chemin de ronde, qui le sépare des propriétés de la rue de Bagnolet ; de l'impasse Bouland à la rue du Repos, par une ligne brisée qui suit les contours des terrains compris dans le périmètre du cimetière lors de son agrandissement en 1850.

Superficie. — La superficie totale de ce cimetière est de 43 hectares 25 ares 56 centiares.

Si de cette superficie de..................................	43h 25a 56c
on défalque..	3.35.43
occupés, soit par les bâtiments, soit par les avenues, soit par le dépôt de matériaux, il ne reste plus, pour les terrains réellement attribués aux inhumations qu'une surface de..................	39.90.13
dont..	34.96.59
sont actuellement occupés par des concessions perpétuelles, de sorte que la superficie encore disponible au 1er janvier 1889 n'est plus que de..	4h 93a 54c

Historique. — La colline, où est établi le cimetière de l'Est, après avoir appartenu, sous le nom de Mont-l'Évêque, à l'évêché de Paris, puis à un riche bourgeois qui y construisit la Folie-Regnault, fut achetée en 1615 par les Jésuites de la rue Saint-Antoine. Louis XIV enfant ayant visité le domaine, la propriété prit le nom de Mont-Louis. En 1675, le Père de La Chaise, confesseur de Louis XIV, y ayant fixé sa résidence d'été, le roi l'agrandit à ses frais. La maison d'habitation était alors située sur le penchant de la colline, vers l'endroit où se trouve la chapelle érigée en 1834, et les communs forment actuellement le bureau de la conservation. A la mort du Père La Chaise, le domaine fut utilisé par l'Ordre des Jésuites comme maison de campagne ; lors de la suppression de l'Ordre, ce domaine fut vendu pour payer les créanciers.

Le Préfet de la Seine, Frochot, ayant prescrit par arrêté du 2 ventôse an IX, l'établissement de trois grands cimetières parisiens, dont l'un à l'est, jeta les yeux sur la vaste propriété, qui portait encore le nom de maison du Père La Chaise, et la loi du 17 floréal an XI l'autorisa (art. 168) à l'acheter au nom et au frais de la commune de Paris. La propriété acquise de M. Jacques Baron au prix de 180.000 francs était de 17 hectares 58 ares.

Le cimetière ainsi acquis, et approprié à sa destination nouvelle par l'architecte Brongniart, fut ouvert aux inhumations le 1er prairial an XII (21 mai 1804). Il comprenait les divisions 1 à 4, 7 à 14, 17 à 59, du cimetière actuel (1).

L'accroissement de la population parisienne ayant rendu nécessaire une extension des cimetières, un arrêté du Chef du pouvoir exécutif, en date du 21 juillet 1848 déclara d'utilité publique l'agrandissement du cimetière de

(1) Les 14e, 32e, 35e, 41e, 42e, 45e, 47e, 54e, 55e et 57e divisions, n'avaient pas alors l'étendue qui leur a été attribuée à la suite des agrandissements postérieurs. La limite du cimetière du côté Est, formant une ligne parallèle aux chemins du Quinconce et des Anglais, et du côté Nord, suivait à peu près le tracé actuel des chemins Gosselin et Hautoy et de l'avenue Frédéric Soulié.

Vingt ans plus tard, des acquisitions à l'amiable consenties par divers propriétaires de terrains contigus au cimetière (de 1824 à 1829) portèrent la superficie du cimetière à 24 hectares 13 ares 81 centiares, en lui adjoignant les 61e, 62e, 65e, 66e, 67e, 68e, 69e, 70e et 71e divisions actuelles.

En 1832, l'annexion de la pièce Bouland (5e, 6e, 15e, 16, 73e, 74e et 75 partie des 14e et 32e division) par contrat du 28 décembre 1832 agrandit le cimetière de 1 hectare 44 ares 14 centiares.

Enfin une acquisition de 85 ares 17 centiares par jugement d'expropriation du 9 février 1842 porta la superficie du cimetière à 26 hectares 43 ares 12 centiares.

l'Est, et un jugement d'expropriation du 20 février 1850 transféra à la Ville la propriété de plusieurs parcelles de terrains comprenant ensemble... 17ʰ 50ᵃ 28ᶜ

La surface acquise antérieurement étant de............... 26.50.00

le terrain appartenant à la Ville mesurait........................ 44.00.28

le cimetière occupant.. 43.25.56

La différence, soit.. 74ᵃ 72ᶜ

représente la superficie du chemin de ronde laissé en dehors du cimetière.

Les terrains d'agrandissement forment les divisions 63, 64, 72, 76 à 97 du cimetière actuel.

Inhumations. — Dès son ouverture au service des inhumations, le cimetière de l'Est reçut des concessions perpétuelles, et jusqu'en 1824, il fut le seul des cimetières parisiens affecté à cette nature de concessions; mais en même temps il servait aux inhumations en concessions temporaires et en tranchée gratuite des IIIᵉ, IVᵉ, Vᵉ, VIᵉ, VIIᵉ, VIIIᵉ et IXᵉ arrondissements; à partir du 1ᵉʳ janvier 1825, jusqu'au 30 avril 1832, sa circonscription comprit les Vᵉ, VIᵉ, VIIᵉ et VIIIᵉ arrondissements, du 1ᵉʳ mai 1832 au 31 mars 1835, les VIIᵉ et VIIIᵉ arrondissements, du 1ᵉʳ avril 1835 au 31 décembre 1859, les VIᵉ, VIIᵉ, VIIIᵉ et IXᵉ arrondissements, du 1ᵉʳ janvier 1860 au 31 juillet 1864, les IIIᵉ, IVᵉ, XIᵉ, XIIᵉ et XXᵉ arrondissements, du 31 juillet 1864 au 31 mars 1867, les Iᵉʳ, IIIᵉ, IVᵉ, XIᵉ, XIIᵉ et XXᵉ arrondissements, du 1ᵉʳ avril 1867 au 9 septembre 1870, les Iᵉʳ, IIIᵉ, IVᵉ, XIᵉ, XIIᵉ, XIXᵉ et XXᵉ arrondissements, du 10 septembre 1870 au 19 mai 1871, les Iᵉʳ, IIIᵉ, IVᵉ, XIᵉ et partie du XIXᵉ arrondissements, du 20 mai 1871 au 19 juin 1871, les Iᵉʳ, IIIᵉ et IVᵉ arrondissements, du 20 juin 1871 au 28 février 1872, les Iᵉʳ et IIIᵉ arrondissements, du 1ᵉʳ mars 1872 au 31 mars 1872, les Iᵉʳ, IIIᵉ et XIIᵉ arrondissements, du 1ᵉʳ avril 1872 au 28 février 1873, les Iᵉʳ, IIIᵉ, XIᵉ et XIIᵉ arrondissements, du 1ᵉʳ mars 1872 au 31 décembre 1873, les Iᵉʳ, IIIᵉ, XIᵉ, XIIᵉ et XXᵉ arrondissements.

L'arrêté du 26 novembre 1873 ayant décidé qu'à partir du 1ᵉʳ janvier 1874, toutes les inhumations en concessions temporaires et en tranchées gratuites se feraient dans les cimetières *extra muros* le cimetière de l'Est est depuis cette époque exclusivement affecté aux inhumations en concessions perpétuelles.

Au 31 décembre 1873, 31,348 concessions perpétuelles existaient au cimetière de l'Est.

Du 21 mai 1804 au 31 décembre 1873, 629.572 personnes avaient été inhumées dans ce cimetière.

Savoir :

En concessions perpétuelles	33.390
En concessions temporaires	118.195
En tranchée gratuite	477.987
Total	629.572 (1)

Du 1er janvier 1874 au 31 décembre 1888, 17,533 terrains ont été acquis à perpétuité, ce qui porte à 48.881 le nombre total des concessions perpétuelles existant dans le cimetière de l'Est au 1er janvier 1889.

Du 1er janvier 1874 au 31 décembre 1888, 61.010 personnes ont été inhumées dans le cimetière de l'Est, ce qui porte à 690.582 le nombre total des inhumations effectuées dans ce cimetière depuis le jour de son ouverture jusqu'au 1er janvier 1889.

Jusqu'à ces dernières années, le cimetière de l'Est conservait trois enclos particuliers, aujourd'hui supprimés.

1° et 2° **Les cimetières israélites.** — On a vu que d'après l'art. 15 du décret du 23 prairial an XII, dans les communes où étaient professés plusieurs cultes, chaque culte devait avoir un lieu d'inhumation particulier.

(1) Ce chiffre ne comprend pas les inhumations des victimes de la guerre civile en 1871, dont le nombre ne peut être déterminé avec certitude. Les restes de ces morts ont été déposés dans une tranchée le long du mur de la 76e division aux termes d'une délibération du 22 décembre 1883, le terrain où ils reposent doit rester pendant 20 ans sans faire l'objet d'aucune concession.

Au cimetière de l'Est, l'enclos primitivement affecté aux Israélites occupait la 3e section de la 7e division. Jusqu'en 1824, époque de l'ouverture des cimetières du Nord et du Sud, cet enclos recevait des inhumations de toute nature : à partir de cette époque il fut affecté exclusivement aux concessions perpétuelles.

Une décision préfectorale postérieure du 1er septembre 1865 affecta aux inhumations en fosses temporaires et en tranchées gratuites des israélites une partie de la 87e division qui fut entourée d'une clôture en planches.

Ce dernier enclos fut fermé au 1er janvier 1874, en exécution de l'arrêté du 26 novembre 1873 et en 1880, toutes les sépultures qu'il contenait étant périmées, la clôture fut démolie et l'enclos supprimé.

Quant à l'enclos de la 7e division, par suite de la loi du 14 novembre 1881, abrogeant l'art. 15 du décret de prairial, ses murs de clôture ont été démolis en 1882, ainsi que la maison de purification élevée près de la porte d'entrée.

3° **Enclos musulman.** — Sur la demande de l'ambassadeur de Turquie, un arrêté préfectoral du 29 novembre 1856 a réservé dans la 83e division un enclos spécial pour la sépulture des personnes appartenant à la religion mahométane. Une clôture en planches entourait cet emplacement : la surface qu'il occupait ayant été reconnue trop considérable pour la destination à laquelle il était réservé, cet enclos a été rétréci en 1883 et la clôture en planches remplacée par une haie vive.

4° A la suite de l'éboulement du tunnel du chemin de fer de Ceinture le 8 février 1874, éboulement dans lequel un certain nombre de tombes temporaires de la 83e division avaient été entrainées, il a été décidé que tous les terrains du cimetière au-dessous desquels passe la ligne de ceinture ne seraient pas affectés au service des inhumations, et que toutes les surfaces de cette zone non comprises dans les avenues et chemins seraient plantés par les soins du service des promenades.

Il existe au cimetière de l'Est, dans la 55e division, une chapelle affectée au culte catholique. Cette chapelle, construite par la Ville de Paris, est, aux termes de l'art. 31 du reglement du 15 septembre 1850, exclusivement destinée aux personnes qui désirent y venir prier pour les morts. Les familles sont admises à y faire dire des messes commémoratives, mais les services solennels, la présentation et le dépôt des corps, les processions et les quêtes, et toutes les cérémonies du service paroissial ne peuvent y avoir lieu. Par suite d'une tolérance admise depuis de longues années, les services religieux *præsente cadavere* y sont célébrés dans les deux cas suivants : 1° quand le corps, venant de province, est amené directement au cimetière ; 2° après exhumation, lorsque le corps est réinhumé dans le cimetière même, pourvu que le cercueil soit enfermé dans une enveloppe de plomb et que les porteurs employés pour l'opération soient fournis par la famille.

La chapelle du cimetière de l'Est a été desservie jusqu'en 1879 par un aumônier spécial attaché nominalement à la paroisse de Saint-Germain-de-Charonne, mais payé sous le titre d'aumônier des dernières prières par le Ministère des Cultes.

Actuellement, le titulaire décédé n'ayant pas été remplacé, la chapelle est rattachée complètement à la paroisse de Saint-Germain-de-Charonne dont elle forme une annexe et elle est desservie par le clergé de cette paroisse.

Mentionnons en terminant que c'est au cimetière de l'Est, dans une partie de la 87e division, qu'a été érigé le monument crématoire dont l'établissement a été voté par délibération du 25 juillet 1885 et dont il sera parlé plus loin au chapitre consacré à la crémation.

Cimetière du Nord

Situation. — Le cimetière du Nord est limité au nord et à l'est par la rue de Maistre, à l'ouest par la rue Ganneron, et au sud par un mur de clôture qui le sépare de propriétés particulières, en s'interrompant au droit de la porte d'accès située dans l'axe de l'avenue du cimetière du Nord qui aboutit au boulevard de Clichy.

Superficie. — La superficie totale de ce cimetière est de 11 hectares 57 ares 30 centiares.

Si de cette superficie de..................................	11^h 57^a 30^c
on défalque..	3.46.18
occupés, soit par les avenues, soit par les bâtiments, il ne reste plus pour les terrains réellement attribués aux inhumations qu'une surface de..	8^h 11^a 12^c

qui est totalement occupée par des concessions perpétuelles.

Historique. — Le cimetière du Nord, dans son origine, occupait l'emplacement d'anciennes carrières abandonnées, dans lesquelles avaient été jetés les corps des soldats suisses tués dans la journée du 10 août 1792. Des inhumations y furent effectuées postérieurement sans qu'on puisse déterminer à quelle date ce cimetière, tenu d'ailleurs dans les conditions déplorables et scandaleuses des cimetières de cette époque, cessa de recevoir des inhumations. On l'appelait alors le cimetière de la barrière Blanche.

Le 1er thermidor an VI (19 juillet 1798), Saussay, administrateur du département de la Seine, acquit d'un sieur Aymé un terrain contigu à ces carrières pour l'établissement d'un cimetière qui, malgré son peu d'étendue (1 hectare 27 ares 36 centiares), servit pendant la période révolutionnaire aux inhumations d'une grande partie de la rive droite. Il portait alors le nom de « Champ-du-Repos » ou de « Cimetière sous Montmartre ».

Il devait être remplacé par un cimetière à établir au commencement de la plaine de Clichy, vers l'enfourchement des plaines de Clichy et de Saint-Ouen, dont les terrains avaient été étudiés à cet effet à plusieurs reprises, notamment en l'an II et en l'an VII. Mais les propositions faites à cet effet par Frochot n'ayant pas été accueillies par l'Administration supérieure, la loi du 17 floréal an XI n'autorisa que l'acquisition des terrains du Père-Lachaise et de Montparnasse. Frochot proposa alors par lettre du 23 avril 1806, l'agrandissement du cimetière sous Montmartre, qui allait être rempli. Cette proposition ne fut pas non plus accueillie et le cimetière dut être fermé sans qu'on puisse indiquer la date exacte de cette fermeture. Treize ans plus tard, l'Administration municipale put enfin donner suite au projet de création d'un cimetière au nord de la capitale, et par divers contrats passés avec plusieurs propriétaires de 1818 à 1824, ainsi que par un jugement d'expropriation du 7 août 1819, elle acquit des parcelles d'une contenance totale de 10 hectares 47 ares 82 centiares qui, avec les terrains provenant de l'acquisition de l'an VI, forment le cimetière actuel.

Le cimetière ainsi créé fut ouvert le 1er janvier 1825 ; mais ainsi que les autres cimetières parisiens, il ne tarda pas à devenir à son tour insuffisant et on dut songer à l'agrandir. Un jugement d'expropriation en date du 31 juillet 1847 transféra à la Ville de Paris la propriété de parcelles d'une superficie totale de 9 hectares 27 ares 70 centiares, séparées de l'ancien cimetière par la rue des Grandes-Carrières (aujourd'hui rue de Maistre) et qui furent reliées à l'ancien clos par un tunnel passant sous la voie publique. Ces terrains d'agrandissement furent exclusivement affectés aux inhumations en concessions temporaires et gratuites, l'ancien enclos étant réservé aux concessions perpétuelles.

Au 31 août 1872, ces terrains d'agrandissement étant complètement occupés par des inhumations, temporaires et gratuites, le cimetière fut fermé à ces inhumations et ne reçut plus que des inhumations en concessions perpétuelles. Peu après l'arrêté du 26 novembre 1873 décida que les inhumations temporaires et gratuites seraient effectuées dans les cimetières *extra muros* ; par suite des reprises successives des tombes périmées, les terrains d'agrandissement du cimetière du Nord étaient devenus complètement libres, lorsque l'arrêté réglementaire du 18 novembre 1879 les désaffecta définitivement du service des inhumations. En conséquence, par application du décret de prairial combiné avec la loi du 15 mai 1791, ces terrains peuvent être mis dans le commerce depuis le 18 novembre 1884... Aux termes de la délibération du 27 mars 1885, le prix de vente de ces terrains doit servir à gager partiellement les frais d'établissement des cimetières périphériques de Pantin-Bobigny et de Bagneux.

Inhumations. — L'incendie des archives de la Ville en mai 1871 ne permet pas de donner des renseignements sur les inhumations faites au cimetière du Nord pendant la période révolutionnaire et jusqu'à la première fermeture de ce cimetière : les archives de la Conservation ne contiennent aucun renseignement antérieur à sa réouverture en 1825.

Dès ce moment, le cimetière du Nord reçut des concessions perpétuelles : en outre de 1825 à 1872, il reçut les inhumations en concessions temporaires et en tranchée gratuites des arrondissements suivants :

Du 1er janvier 1825 au 30 avril 1832 : les quatre premiers arrondissements :

Du 1er mai 1832 au 31 mars 1835 : les six premiers arrondissements ;

Du 1er avril 1835 au 31 décembre 1859 : les cinq premiers arrondissements ;

Du 1er janvier 1860 au 31 juillet 1863 : les Ier, IIe, VIIIe, IXe arrondissements ;

Du 1er août 1864 au 31 mars 1866 : les IIe et IXe arrondissements;

Du 1er avril 1866 au 31 mars 1867 : les IIe, IXe et partie du XVIe arrondissement :

Du 1er avril 1867 au 31 mars 1869 : les IIe, VIIIe, IXe, XVIIe et partie du XVIe arrondissement ;

Du 1er avril 1869 au 31 décembre 1869 : les IIe, VIIIe, IXe, Xe, XVIIe, XVIIIe et partie du XVIe arrondissement ;

Du 1er janvier 1870 au 19 mars 1871 : les IIe, VIIIe et IXe arrondissements ;

Du 31 mars 1871 au 31 août 1872 : les IIe et IXe arrondissements.

Depuis cette dernière date, ainsi qu'il a été dit plus haut, le cimetière du Nord ne reçoit plus que des inhumations en concessions perpétuelles.

Du 1er janvier 1825 au 1er janvier 1889, il a été délivré dans le cimetière du Nord 20.751 concessions perpétuelles.

Quant aux inhumations faites pendant cette période, elles s'élèvent au chiffre de 377.608.

Savoir :

En concessions perpétuelles	55.677
En concessions temporaires	99.592
En tranchée gratuite	218.339
Total.. ..	373.608

Ce chiffre ne comprend pas les corps inhumés sans mandat à la suite des événements de décembre 1851 et de mai 1871, dont le total ne peut être exactement déterminé.

Comme le cimetière de l'Est, le cimetière du Nord renfermait avant 1882 un enclos spécial pour les inhumations des décédés appartenant au culte israélite. Cet enclos occupait une partie de la 3e division. Jusqu'au 1er septembre 1865, il recevait des inhumations de toute nature ; à partir de cette date, il fut affecté exclusivement aux inhumations en concessions perpétuelles. Les murs de clôture de cet enclos ont été démolis en 1882, ainsi que la maison de purification érigée près de la porte d'entrée.

Depuis une vingtaine d'années, il existait des projets de percements de voies publiques à travers le cimetière du Nord : ces projets consistaient dans le prolongement : 1° de la rue Caulaincourt entre le boulevard de Clichy et la rue de Maistre ; 2° de la rue Damrémont entre la place Pigalle et la rue de Maistre. En prévision de l'adoption de ces projets, l'arrêté réglementaire du 18 novembre 1879 avait réservé dans le cimetière du Nord les emplacements nécessaires à l'exécution des dits projets de voirie, ainsi que les terrains nécessaires au déplacement des sépultures qui se trouvent sur ces emplacements.

Le projet de prolongement de la rue Damrémont a été abandonné.

Quant au prolongement de la rue Caulaincourt, il vient d'être exécuté tout récemment. La voie nouvelle traverse le cimetière sur un viaduc, laissant subsister les chemins et avenues du cimetière, et n'exigeant que le déplacement des tombes situées à l'emplacement des culées tubulaires soutenant le viaduc, ou de celles dont l'altitude ne permettait pas de les conserver sous la voûte du pont. Grâce à cette combinaison, le nombre des sépultures atteintes n'a été que de neuf : elles ont été déplacées soit à la suite d'un accord amiable avec les titulaires, soit d'office, les concessionnaires étant disparus ou inconnus. — Pendant la durée des travaux en cours d'exécution, l'accès du cimetière pour les convois et les voitures a été reporté rue de Maistre, au droit de la rue Caulaincourt, et une rampe contournant la butte à mi-côte a permis de se rendre du plateau dans la partie basse du cimetière. La sortie des voitures de toute sorte ainsi que l'entrée et la sortie des voitures de matériaux ont eu lieu pendant cette période, par le tunnel et les terrains retranchés du cimetière. Quant aux piétons, un accès leur avait été réservé par l'avenue du cimetière du Nord. Depuis l'ouverture de la rue Caulaincourt (novembre 1886), la porte principale du cimetière a été reportée en face l'avenue de Clichy, et la conservation réinstallée dans de nouveaux bâtiments élevés à proximité de cette porte.

Cimetière du Sud

Situation. — Le cimetière du Sud est limité au nord par le boulevard Edgar-Quinet (ancien boulevard Montrouge), à l'est, par le boulevard d'Enfer, au sud, par la rue du Champ-d'Asile ; à l'ouest, par un chemin de ronde qui le sépare : 1° d'une parcelle dépendant du cimetière et servant de dépôt de matériaux ; 2° des maisons ayant leur entrée sur la rue de la Gaîté et le boulevard Edgar-Quinet.

Superficie. — La superficie totale de ce cimetière qui, avant 1878 était

de..	20h 76a 00c
n'est plus aujourd'hui que de..............................	20.20.70
la différence, soit..	55a 30c

ayant été retranchée du cimetière, partie en 1878, pour l'élargissement de la rue du Champ-d'Asile et la rectification du mur de clôture, partie en 1882, pour l'établissement à l'angle de la rue du Champ-d'Asile et de la place Denfert-Rochereau d'un poste de pompe à vapeur.

Si de la superficie totale..................................	$20^{h}\,20^{a}\,70^{c}$
on défalque..	7.10.37
occupés, soit par les bâtiments, soit par le dépôt de matériaux, on n'a plus pour les terrains réellement attribués aux inhumations qu'une surface de......................	13.10.33
dont..	10.01.64
sont actuellement occupés par des concessions perpétuelles, de sorte que la superficie encore disponible au 1er janvier 1889 n'est plus que de..	$3^{h}\,08^{a}\,69^{c}$

Historique. — Avant la Révolution, la majeure partie des terrains composant aujourd'hui le cimetière du Sud appartenait soit à l'Hôtel-Dieu, soit aux religieux de la Charité.

Sur les terrains de l'Hôtel-Dieu se trouvaient les anciennes fermes Sainte-Anne et du Grand-Pressoir, situées : l'une sur l'emplacement occupé en partie aujourd'hui par les 12e, 13e, 17e et 18e divisions, l'autre sur l'emplacement des 14e, 18e, 20e et 21e divisions.

Les terrains du domaine des religieux de la Charité, d'une contenance de 23,017m 56, étaient situés en bordure de l'ancien « vieil chemin de Vanves » ; ils forment aujourd'hui la plus grande partie des 3e, 4e, 7e, 8e et 9e divisions.

Sur ces terrains, acquis par les religieux en 1654, se trouvait l'ancien moulin dit de la Charité, dont la tour subsiste encore dans le cimetière actuel. Pendant longtemps, cette tour a servi de logement à un garde du cimetière ; son état de vétusté ne permet plus aujourd'hui de l'affecter à cet usage, mais, sur la demande du Comité des inscriptions parisiennes, elle a été conservée en raison de l'intérêt qu'elle présente au double point de vue archéologique et topographique.

Une partie du domaine était utilisée par les religieux de la Charité comme cimetière de la communauté ; c'était un enclos séparé, situé dans la 4e division du cimetière actuel, et dont les murs ne furent démolis qu'en 1832. Lorsque le domaine passa à l'Assistance publique, à la Révolution, cet enclos fut affecté à l'inhumation des corps non réclamés des hôpitaux.

La commune de Paris, en 1794, ayant décrété l'établissement de quatre grands cimetières de 20 arpents chacun, dont l'un au sud, une Commission spéciale étudia les terrains de la butte Montparnasse, contigus au cimetière de la Charité ; ce projet n'eut pas de suite à ce moment ; mais, par arrêté du 2 ventôse an IX, le préfet de la Seine, Frochot, décida l'établissement de trois grands cimetières *extra muros*, dont l'un au sud comprenant le cimetière de la Charité et les terrains avoisinants, et la loi du 17 floréal an XI autorisa la commune de Paris à acquérir les terrains nécessaires à l'établissement de ce cimetière.

En exécution de cette loi, la Ville de Paris acquit en 1807, de divers particuliers, un certain nombre de parcelles contiguës à l'ancien cimetière de la Charité ; elle prit, en 1819, possession des terrains ayant appartenu jadis à l'Hôtel-Dieu ; elle y annexa l'ancien enclos des religieux de la Charité, où l'Assistance publique faisait inhumer les corps provenant des hôpitaux.

Cette prise de possession, qui ne fut régularisée que beaucoup plus tard, par acte administratif du 27 mai 1838, portait à 10 hectares la superficie du nouveau cimetière. Ce cimetière fut définitivement ouvert aux inhumations le 25 juillet 1824, lors de la fermeture de l'ancien cimetière de Vaugirard ou de l'Ouest.

Un enclos [fut] alors aménagé à l'extrémité orientale du cimetière, de la rue du Champ-d'Asile [au boulevard Montrouge, pour l'inhumation des corps provenant des hôpitaux.

En 1847, en vertu d'une ordonnance royale du 24 janvier, le cimetière du Sud, devenu insuffisant, fut agrandi dans sa partie orientale de 10 hectares 76 ares, dont la cession fut régularisée par jugement en date du 6 novembre de la même année.

Les parties ainsi annexées servirent à agrandir les 14e, 17e, 18e divisions et à former les 19e, 20e, 21e, 22e, 23e, 24e, 25e, 26e, 27e 28e, 29e et 30e divisions.

Les limites du cimetière furent alors portées jusqu'au boulevard d'Enfer, ce qui entraîna la suppression des rues d'Isly, Mogador et de l'impasse Tanger.

En 1878, pour élargir et rectifier la rue du Champ-d'Asile, le mur de clôture du cimetière, à son extrémité sud-est, fut reculé de manière à former une ligne droite sur toute sa face sud : la partie du cimetière ainsi retranchée et qui, du reste, ne servait pas aux inhumations, fut rattachée à la voie publique.

Enfin, un arrêté préfectoral du 28 avril 1882 a désaffecté du service des inhumations une bande de terrains traversant le cimetière du sud au nord sur une largeur de 12 mètres dans les 19e, 17e, 27e, 26e et 25e divisions, en vue du prolongement projeté de la rue des Plantes. Aux termes des articles 8 et 9 du décret du 23 prairial an XII, combinés avec l'article 9 de la loi du 15 mai 1791, ces terrains ont pu être rendus au commerce cinq ans après l'arrêté de désaffectation et dix ans après la dernière inhumation, soit le 28 avril 1887.

Inhumations. — Du 25 juillet 1824, jour de son ouverture, jusqu'au 30 avril 1832, outre les inhumations en concessions perpétuelles, le cimetière du Sud reçut les inhumations en fosses temporaires et en tranchée gratuite des Xe, XIe et XIIe arrondissements ; du 1er mai 1832 au 31 mars 1835, celles des IXe, X^e, XIe et XIIe arrondissements ; du 1er avril 1835 au 31 décembre 1859, celles des Xe, XIe et XIIe arrondissements de Paris ;

Du 1er janvier 1860 au 30 août 1861, les inhumations des Ve, VIe, VIIe, XIIIe et XIVe arrondissements actuels ;

Du 1er décembre 1861 au 9 septembre 1870, celles des VIe, VIIe, XIIIe et XIVe arrondissements ;

Du 10 septembre 1870 au 19 mars 1871, celles des Ve, VIe, VIIe, XIIIe et XIVe arrondissements;

Du 20 mars 1871 au 31 mai 1872, les inhumations des VIe et VIIe arrondissements;

Enfin, du 1er juin 1872 au 31 décembre 1873, celles des VIe, VIIe et de partie du XVe arrondissement.

Un arrêté du 26 novembre 1873 ayant décidé qu'à partir du 1er janvier 1874 les inhumations et concessions temporaires et en tranchée gratuite devraient se faire dans les cimetières *extra muros*, le cimetière du Sud est, depuis ce jour, exclusivement affecté aux inhumations en concessions perpétuelles.

Au 31 décembre 1873, 12,602 concessions perpétuelles existaient dans le cimetière du Sud; de 1824 à 1874, 397,023 personnes avaient été inhumées dans ce cimetière.

Savoir :

En concessions perpétuelles..............................	21.115
En concessions temporaires................................	83.034
En tranchée gratuite...........................	292.874
Total......	397.023

Du 1er janvier 1874 au 31 décembre 1888, 12,656 terrains ont été acquis à perpétuité, ce qui porte à 25,258 le nombre total des concessions perpétuelles existant dans le cimetière du Sud au 1er janvier 1888.

Du 1er janvier 1874 au 31 décembre 1888, 37,252 personnes ont été inhumées dans le cimetière du Sud, ce qui porte à 434,275 le nombre total des inhumations effectuées dans ce cimetière depuis le jour de son ouverture jusqu'au 1er janvier 1889.

A ce nombre, il faudrait pouvoir ajouter celui des victimes du choléra de 1832. C'est dans le cimetière du Sud, en effet, que furent enterrées toutes les personnes qui succombèrent au fléau; mais les corps ont été enfouis sans ordre dans une ancienne carrière d'une superficie de 250 à 300 mètres et d'une profondeur de plus de 10 mètres qui existait alors dans la quatrième division actuelle; tous les cadavres des cholériques y furent jetés pêle-mêle les uns sur les autres.

Les sondages entrepris sur ce point en 1875 et en 1879 (ces derniers sous la surveillance de la Commission d'assainissement), ont démontré que la décomposition des corps ainsi enfouis n'était pas encore complète; et que, si dans l'état actuel des choses, leur présence ne présentait aucun danger, ni aucun inconvénient au point de vue de la salubrité générale, cependant il pourrait être imprudent, soit de réoccuper le terrain, en enfouissant plus profondément les corps, soit de hâter la décomposition de ces corps par des procédés chimiques.

En conséquence, l'Administration a décidé de laisser jusqu'à nouvel ordre les choses en l'état. Un mamelon gazonné et planté recouvre actuellement l'ancienne carrière.

Jusqu'à ces dernières années, le cimetière du Sud contenait divers enclos particuliers, aujourd'hui supprimés.

1° **Le cimetière des Hôpitaux.** — Nous avons vu plus haut que dès avant l'ouverture du cimetière, les corps non réclamés des hôpitaux étaient inhumés dans les terrains, appartenant à l'Assistance publique et provenant de l'ancien Domaine du Moulin de la Charité. En 1824, un enclos spécial fut aménagé pour recevoir les corps non réclamés des hôpitaux : c'était une bande de terrain fort étroite longeant dans toute sa profondeur la partie orientale du cimetière de la rue du Champ-d'Asile au boulevard d'Enfer, partie des 17e, 25e, 26e et 27e divisions.

Ce terrain, étant devenu insuffisant, fut agrandi en 1847 et un enclos nouveau fut établi, comprenant toute la septième division et partie des 19e, 25e, 26e, 27e et 28e divisions.

Cet enclos fut maintenu jusqu'au 10 octobre 1861, époque à laquelle le cimetière des hôpitaux fut transféré à Ivry (décret du 12 août 1857, arrêté du 14 septembre 1861).

2° **Cimetière israélite.** — D'après l'article 15 du décret du 23 prairial an XII, dans les communes où étaient professés plusieurs cultes, chaque culte devait avoir un lieu d'inhumations particulier.

Dans le cimetière du Sud, l'enclos primitivement attribué à la sépulture des personnes du culte israélite occupait le centre de la cinquième division; en 1875, cet enclos ne contenant plus aucun terrain disponible un nouvel enclos destiné aux concessions perpétuelles des israélites fut aménagé dans la trentième division.

En exécution de la loi du 14 novembre 1881, qui a abrogé l'art. 15 du décret précité, les murs de ces deux enclos ont été démolis en 1882, ainsi que la maison de purification édifiée sur l'enclos primitif.

3° **Cimetière des Sœurs hospitalières.** — En vertu d'une délibération du Conseil municipal du 9 novembre 1827, approuvée le 30 avril 1828, il est accordé, à titre gratuit, une fosse temporaire dans les cimetières de Paris pour l'inhumation des membres des différentes congrégations religieuses connues sous le nom générique de sœurs hospitalières.

En 1852, le préfet de la Seine, Berger, autorisa les sœurs de Saint-Vincent-de-Paul, les sœurs de Sainte-Marthe et les sœurs de la Charité à inhumer dans un enclos spécial du cimetière du Sud les membres de leur communauté.

L'enclos des sœurs de Saint-Vincent-de-Paul et de Sainte-Marthe fut établi dans la quatorzième division, celui des sœurs de la Charité dans la seizième division.

Par décision spéciale de M. Ferdinand Duval, préfet de la Seine, l'arrêté du 26 novembre 1873 prescrivant que toutes les concessions temporaires ne seraient délivrées que dans les cimetières *extra muros*, n'avait pas été appliqué aux sœurs qui continuaient à faire inhumer leurs compagnes décédées dans leurs enclos particuliers au cimetière du Sud; conformément à la délibération du 20 mars 1882, cette exception a cessé d'avoir lieu : les enclos ont été supprimés et les sœurs décédées sont inhumées en concession temporaire gratuite dans le cimetière *extra muros* de l'arrondissement où se produit le décès.

4° **Cimetière des Invalides.** — Lors de la suppression en 1832 de l'enclos particulier contigu au cimetière de l'Ouest où les Invalides étaient inhumés depuis 1784, il fut décidé que les Invalides seraient enterrés dans le cimetière de l'arrondissement sur lequel se trouvait l'Hotel, c'est-à-dire dans le cimetière du Sud.

Jusqu'en janvier 1874, ces inhumations eurent lieu en tranchée gratuite, sans aucune distinction d'emplacement; pendant les premiers mois de 1874, par suite de l'affectation exclusive du cimetière du Sud aux inhumations en concessions perpétuelles, la sépulture des Invalides fut transférée au cimetière *extra muros* d'Ivry.

Mais, ce long trajet imposant une trop grande fatigue aux Invalides suivant les convois, une décision préfectorale du 17 août 1874, autorisa, à titre exceptionnel, le maintien au cimetière du Sud de la sépulture des Invalides.

Un emplacement spécial fut alors désigné à cet effet dans la 17° division où se trouvait autrefois le cimetière des hopitaux.

Cet état de choses dura jusqu'en 1882, époque à laquelle le cimetière de Vaugirard situé rue Lecourbe a été définitivement désigné pour recevoir la sépulture des Invalides.

Les dernières tombes des Invalides qui subsistaient encore au cimetière du Sud ont été reprises en 1887.

Jusqu'à ces dernières années, il existait au cimetière du Sud une chapelle affectée au culte catholique. Cette chapelle avait été édifiée en 1875 par l'aumônier du cimetière sur l'emplacement occupé par les victimes du choléra de 1832, emplacement mis à cet effet à sa disposition à charge de n'y établir qu'une construction légère en bois sans fondations.

La chapelle, après avoir été desservie par l'ecclésiastique qui l'avait construite jusqu'à sa mort, arrivée en 1879, fut fermée à cette époque et démolie sur l'ordre de l'Administration en juin 1880.

Cimetière d'Auteuil

Situation. — Le cimetière d'Auteuil est limité au nord par la rue Claude-Lorrain, à l'ouest par un terrain communal qui le sépare de la rue Michel-Ange, au sud par des propriétés particulières et l'impasse Boileau et à l'ouest par des propriétés particulières.

Superficie. — Sa superficie est de.......................... 71ᵃ 71ᶜ
dont.. 20.29
sont occupés par les bâtiments et chemins.

Il ne reste donc disponible pour le service des inhumations qu'une surface de.. 51ᵃ 42ᶜ
qui est totalement occupée par des concessions perpétuelles.

Historique. — Le cimetière d'Auteuil a été créé par la commune de ce nom en l'an VIII pour remplacer l'ancien cimetière paroissial établi autour de l'église. Il se composait alors d'un terrain de 17 ares 08 centiares donné à la commune le 27 ventôse an VIII, par le sénateur Le Couteulx Canteleu sur l'ancien chemin de Saint-Cloud, lieu dit les Chauds-Cailloux. Par acte notarié du 2 novembre 1807, le même donateur adjoignit à ce terrain un terrain contigu de même dimension à charge de l'employer à l'agrandissement du cimetière.

L'enclos, ainsi créé, étant devenu insuffisant, la commune par jugement d'expropriation du 14 novembre 1845, acquit diverses parcelles qui portèrent le cimetière à ses dimensions actuelles.

L'annexion de la commune d'Auteuil, en 1860, fit passer ce cimetière dans le domaine de la Ville de Paris; il servit encore quelques années à recevoir les inhumations temporaires et gratuites d'une partie du XVIᵉ arrondissement;

complètement occupé en 1869, il fut fermé le 1er janvier 1870. A partir de 1873, des terrains étant devenus libres par suite des reprises successives des sépultures périmées, des concessions perpétuelles et conditionnelles y furent délivrées jusqu'à ce que tous les terrains fussent ainsi occupés.

Inhumations. — Toutes les archives de la commune d'Auteuil ayant été détruites en mai 1871 dans l'incendie des archives de la Ville, où elles avaient été transportées et la conservation du cimetière ne contenant aucun renseignement sur les inhumations faites avant 1860, il est impossible d'indiquer le nombre des corps inhumés dans ce cimetière de l'an VIII au 1er janvier 1860.

Du 1er janvier 1860 au 31 mars 1866, il a été affecté aux inhumations du quartier d'Auteuil, du 1er avril 1866 au 31 décembre 1869 à celles des quartiers d'Auteuil et de la Muette.

Le nombre des inhumations faites dans ce cimetière de 1860 au 1er janvier 1888 est de 4.401 :

Savoir :

En concessions perpétuelles..................................	303
En concessions temporaires..................................	755
En tranchée gratuite..................................	3.343
Total........	4.401

Il a reçu en outre pendant cette période et depuis 1873 au 31 décembre 1888.. 919 concessions perpétuelles.

L'ancienne commune en avait délivré........................ 294

ce qui porte au chiffre de.................................. 1.213

le nombre des concessions perpétuelles existant dans ce cimetière au 1er janvier 1889. (L'ancienne commune d'Auteuil ne délivrait pas de concessions trentenaires.

Cimetière de Bagneux

Situation. — Le cimetière de Bagneux, ainsi appelé parce qu'il se trouve sur le territoire de la commune de Bagneux, est limité, au nord, par la route stratégique du fort de Vanves au fort de Montrouge ; à l'ouest, par la voie de Fontenay à Paris ; au sud, par la voie de Bagneux et la rue des Maraîchers ; à l'Est, par le chemin de grande communication de Sceaux à Paris et par des propriétés particulières.

Superficie. — Sa superficie totale est de.................... 61.51.94

dont.. 38.20.32

sont occupés par les bâtiments, les chemins et avenues et par les plantations établies en bordure des carrés ou divisions, où ont lieu les inhumations.

Il ne reste donc disponible pour le service des inhumations qu'une surface de.................................... 23.31.62

dont.. 4.45.28

étaient déjà occupés au 1er janvier 1889.

La surface libre à cette époque n'est donc plus que de...... 18.86.34

Historique. — Le cimetière de Bagneux dont l'établissement a été voté par le Conseil municipal dans sa séance du 28 juin 1883 (voir page 44) a été ouvert aux inhumations temporaires et gratuites le 15 novembre 1886 ; en vertu d'un arrêté préfectoral en date du 9 du même mois.

Depuis le 1er janvier 1887, il reçut les inhumations en concessions trentenaires, et ce en exécution d'un arrêté préfectoral en date du 30 décembre 1886.

Aménagement. — Le cimetière de Bagneux comprend 108 divisions déterminées par des avenues droites se coupant à angles droits.

Cette disposition, outre l'avantage de se prêter mieux que toute autre à l'exacte utilisation du terrain, permet d'assurer la surveillance avec un personnel de gardes aussi restreint que possible, et facilite au public la recherche des tombes qu'il vient visiter.

Les divisions affectent la forme de carrés [illegible] chacune se subdivise en quatre parties [illegible] largeur de 2 mètres, et comporte [illegible] inhumations, puis [illegible] planté d'une bordure [illegible] autres, masquant la vue des tombes.

L'accès de l'intérieur des divisions [illegible] de 2 mètres.

Les dimensions des carrés affectés aux inhumations sont [illegible] de 48 mètres sur 52 pour les divisions affectées aux inhumations [illegible] temporaires; [illegible] mètres sur 54 pour [illegible] inhumations en tranchées gratuites.

Le cimetière de Bagneux est partagé en deux parties égales par une grande avenue partant de la porte principale et traversant tout le cimetière; sa largeur est de 20 mètres: chaussée 8 mètres, trottoirs 6 mètres, plantés d'une double rangée d'arbres.

Deux allées transversales de même largeur croisent cette avenue principale.

Les allées ordinaires se composent d'une chaussée de 5 mètres bordée par des trottoirs de 2 mètres. De deux en deux avenues, les allées ont été portées à une largeur de 12 mètres (chaussée 6 mètres, trottoirs 3 mètres).

La longueur totale des chemins du cimetière de Bagneux est de 17 kilomètres; l'essence des arbres d'alignement varie pour chaque avenue et sert à dénommer les différentes voies.

Dans l'avenue principale, ont été ménagés trois ronds-points destinés à l'érection de monuments de souvenir.

Les seize premières divisions du cimetière de Bagneux sont affectées aux inhumations en concessions trentenaires; les inhumations en concessions temporaires s'effectuent dans les autres divisions situées à droite de l'avenue principale, et les inhumations en tranchées gratuites dans les divisions à gauche de cette avenue.

Les concessions trentenaires assimilées aux concessions perpétuelles sont toutes d'une superficie de 2 mètres (1 mètre de façade sur 2 mètres de profondeur avec isolement de 40 centimètres à la tête et sur les côtés, et de 1 mètre aux pieds).

Les concessions temporaires d'une contenance de 2 mètres et qui, dans les anciens cimetières ne sont accessibles que par une de leurs extrémités, sont isolées à la tête et aux pieds par un chemin d'un mètre.

Chaque division comprend 32 lignes à 25 fosses chacune, soit 200 fosses par carré, et 800 fosses par division.

Les tranchées gratuites sont ménagées en lignes de 2 mètres séparées par un intervalle de 50 centimètres.

Les dimensions des divisions affectées aux inhumations gratuites, 46 mètres sur 51 mètres, permettent d'y inhumer 2.372 corps.

Inhumations. — Le cimetière de Bagneux reçoit les inhumations en concessions temporaires et en tranchée gratuite provenant des Ier, IVe, V^e^, VIe, VIIe, XIVe et XVe arrondissements.

Toute personne domiciliée à Paris peut y acquérir une concession trentenaire.

Depuis le 1er janvier 1887, les inhumations en fosses temporaires gratuites des sœurs hospitalières qui précédemment étaient faites au cimetière d'Ivry, s'effectuent au cimetière de Bagneux, 32e division, dans le carré situé à l'angle de l'avenue des Negondos et de l'avenue des Ormes de Klemmer; un carré de la 37e division est réservé aux inhumations en concessions temporaires des personnes appartenant au culte israélite.

Enfin en sus des inhumations faites sur mandats des maires, le cimetière de Bagneux reçoit depuis son ouverture les corps non réclamés de l'hospice

Sainte-Anne et de la Morgue, et depuis le 1er avril 1887, les corps non réclamés des hôpitaux, qui précédemment étaient dirigés sur le cimetière d'Ivry.

Les corps de l'hospice Sainte-Anne et de la Morgue sont inhumés 107e division, dans des tranchées distinctes.

La 108e division est affectée à l'inhumation des débris d'hôpitaux.

Depuis le 15 novembre 1886, jour de son ouverture, jusqu'au 1er janvier 1889, le cimetière de Bagneux a reçu 31.863 inhumations.

SAVOIR :

En concessions trentenaires	21
En concessions temporaires	7.129
En tranchée gratuite	20.258
TOTAL des inhumations sur mandats des mairies	27.408
Corps venant des hôpitaux, de la Morgue, de Sainte-Anne	4.455
TOTAL ÉGAL	31.863

Depuis le 1er janvier 1887 jusqu'au 1er janvier 1889, 22 concessions trentenaires y ont été délivrées.

Cimetière des Batignolles

Situation. — Le cimetière des Batignolles est limité au nord, par la route départementale n° 11, de Versailles à Saint-Denis, dite avenue de la Révolte ; à l'est, par divers immeubles et la rue Deligny ; au sud, par les fortifications ; à l'ouest, par le chemin des Bœufs, sur lequel se trouve l'entrée.

Superficie. — Sa superficie est de 10h 39a 85c

dont 4.79.47

sont occupés par les bâtiments, le dépôt des plantations, les chemins et avenues.

Il ne reste donc disponible pour le service des inhumations qu'une surface de 5h 60a 38c

dont 5.18.63

étaient au 1er janvier 1889 occupés en concessions perpétuelles.

La surface libre n'est donc plus que de 41a 75c

Historique. — Le cimetière parisien des Batignolles a été ouvert le 22 août 1833 pour recevoir les inhumations de la commune des Batignolles-Monceaux distraite de la commune de Clichy par ordonnance royale du 10 février 1830.

Établi en bordure de l'avenue de la Révolte, il comprenait les 4e, 14e, 15e, 16e, 17e, 18e, 19e, 20e, 21e, 22e et 23e divisions du cimetière actuel, représentant une superficie de 10 ares 50 centiares environ.

Sa population augmentant considérablement, la commune des Batignolles, par ordonnance royale du 18 février 1847, fut autorisée à agrandir son cimetière dont la superficie fut alors portée à 3 hectares 73 ares 51 centiares.

Cet agrandissement qui se fit du côté des fortifications comprend aujourd'hui, en partie les 1re et 5e divisions, en totalité les 2e, 3e, 6e, 7e, 8e, 9e, 10e, 11e, 12e et 13e divisions.

Après l'annexion, ce cimetière fut affecté aux inhumations de plusieurs arrondissements de Paris.

Devenu complètement insuffisant, la Ville de Paris se vit dans la nécessité de l'agrandir à nouveau, et, par décret du 28 janvier 1883, elle fut autorisée à acquérir à cet effet, 6 hectares 69 ares 37 centiares de terrains, à condition : 1° qu'une zone intérieure de 35 mètres de largeur serait réservée du côté des habitations dépendant de la commune de Clichy (cette zone a été utilisée pour former une avenue bordée de plantations) ; 2° que les terrains d'agrandissements seraient exclusivement affectés aux inhumations en concessions temporaires et en tranchée gratuite.

Par suite de cet agrandissement, la surface totale du cimetière des Batignolles est aujourd'hui de 10 hectares 39 ares 85 centiares, s'étendant le long des fortifications entre le chemin des Bœufs et la rue Deligny.

Les terrains récemment annexés ont servi à agrandir les 1re, 2e, 8e, 9e et 10e divisions, et à former les 24e, 25e, 26e, 27e, 28e, 29e, 30e, 31e et 32e divisions.

Comme ils sont exclusivement réservés aux inhumations temporaires, c'est dans la partie ancienne que se délivrent les concessions à perpétuité; pour celles de ces concessions qui se trouvent dans la zone de servitude des fortifications, les titulaires ne peuvent, sans autorisation du Génie militaire, élever de monuments excédant 1 mètre 50 de hauteur.

Dès son origine, le cimetière des Batignolles a reçu des inhumations en concessions perpétuelles, en concessions temporaires et en tranchée gratuite.

Du 22 août 1833 jusqu'au 31 décembre 1887, il a été délivré dans le cimetière des Batignolles 2.447 concessions perpétuelles, dont 484 datent de l'ancienne commune.

Au moment de l'annexion, le nombre des corps inhumés était :

En concessions perpétuelles de	634
En concessions temporaires de	4.762
En tranchée gratuite de	12.292
Soit au Total.....	17.688

Depuis le 1er janvier 1860 jusqu'au 31 décembre 1888 le nombre total des inhumations a atteint le chiffre de 77.077.

Savoir :

En concessions perpétuelles	3.964
En concessions temporaires	28.639
En tranchée gratuite	44.474
Total.....	77.077

Du 1er janvier 1860 au 31 juillet 1864, le cimetière des Batignolles, outre les inhumations en concessions perpétuelles, reçut les inhumations en concessions temporaires et en tranchée gratuite provenant du XVIIe arrondissement.

Du 1er août 1864 au 31 mars 1867, il reçut de plus, les inhumations de même nature provenant du VIIIe arrondissement.

Du 1er avril 1867 au 31 décembre 1869, il fut fermé aux inhumations en fosses à part et en tranchée commune.

Du 1er janvier 1870 au 9 septembre suivant, il reçut les inhumations provenant des XVIe et XVIIe arrondissements du 10 septembre 1870 au 19 mars 1871, il fut de nouveau fermé aux inhumations temporaires;

Du 20 mars 1871 au 19 juin suivant, il fut affecté aux inhumations temporaires des VIIIe et XVIe arrondissements; du 20 juin 1871 au 31 décembre 1873, à celles des VIIIe et XVIIe arrondissements du 1er janvier 1874 au 30 juillet 1883 il ne reçut que les inhumations temporaires du XVIe arrondissement.

Du 1er juillet 1883 au 30 septembre suivant, il reçut de plus les inhumations temporaires provenant des VIIIe, IXe et XVIIe arrondissements.

Du 1er octobre 1883 au 15 juillet 1884, il fut affecté aux inhumations temporaires provenant seulement des VIIIe, XVIe et XVIIe arrondissements.

Du 16 juillet 1884, il a reçu les inhumations en concessions temporaires et en tranchée gratuite, des Ier, IIe, VIIIe, IXe, XVIe et XVIIe arrondissements.

Depuis le 1er mars 1886, il ne reçoit plus que les inhumations gratuites et temporaires du XVIe arrondissement.

Cimetière de Belleville

Situation. — Le cimetière de Belleville est limité au nord par la rue de Belleville et des propriétés particulières, à l'ouest par la rue du Télégraphe, au sud par le réservoir des eaux de la Dhuys, et à l'est par des propriétés particulières.

Superficie. — Sa superficie est de............................ 1h 80a 10c
dont.. 63 26
sont occupés par les bâtiments et chemins.

Il ne reste donc disponible pour le service des inhumations qu'une surface de.. 1.16.84
dont.. 1.10.98
était au 1er janvier 1889, occupés en concessions perpétuelles.....

La surface libre n'est donc plus que de...................... 5a 86c

Historique. — Le cimetière de Belleville a été créé par la commune de ce nom en 1808 pour remplacer l'ancien cimetière paroissial établi autour de l'église. Il se composait alors d'un terrain de 25 ares 29 centiares, acquis à cet effet de madame Lepelletier de Saint-Fargeau, épouse divorcée de Jean François Witt. L'entrée de ce cimetière était placée sur la rue du Parc (rue de Belleville).

Par suite de l'accroissement continu de la population de la commune de Belleville, ce cimetière reçut à quatre reprises différentes des agrandissements qui lui ont donné sa superficie actuelle.

La commune acquit : 1° En 1828, des époux Larcher et des sieurs Bardou et Bordier 30 ares 51 centiares, comprenant le tour d'échelle existant sur la rue de Belleville ;

2° Du 1837 à 1842, de la veuve Saigne et des héritiers Audois, 16 ares 19 centiares ;

3° De 1845 à 1849, de divers propriétaires, 58 ares 69 centiares ;

4° Enfin en 1858 et 1859, le complément des terrains du cimetière actuel en même temps que les terrains affectés depuis au service municipal des eaux de Paris.

Après l'annexion de la commune de Belleville à Paris, au 1er janvier 1860, ce cimetière fut fermé aux inhumations gratuites et temporaires et ne reçut plus que les inhumations faites dans les concessions perpétuelles et trentenaires de l'ancienne commune.

Réouvert pendant le siège de Paris, et affecté à partir du 10 septembre 1870 aux inhumations du Xe arrondissement, il fut de nouveau fermé le 31 décembre 1871.

L'arrêté réglementaire du 18 novembre 1879 autorise la délivrance de concessions perpétuelles dans ce cimetière, sauf dans la 16e division.

Enfin, du 21 octobre 1883 au 9 janvier 1885, il a reçu les inhumations gratuites et temporaires des XIXe et XXe arrondissements.

Depuis cette époque il est affecté exclusivement aux concessions perpétuelles, sauf en ce qui concerne la 16e division.

Inhumations. — La conservation du cimetière ne possédant aucun renseignement sur les inhumations faites avant l'annexion de la commune de Belleville, et les archives de cette commune ayant été détruites en mai 1871, il ne peut être donné aucune indication sur les inhumations faites dans le cimetière de Belleville de 1809 à 1860.

On a vu ci-dessus que depuis le 1er janvier 1860 ce cimetière a toujours reçu des inhumations en concessions perpétuelles, que de plus du 10 septembre 1870 au 31 octobre 1871, il a été affecté aux inhumations temporaires et gratuites du Xe arrondissement, et du 21 octobre 1883 au 9 janvier 1885 à celles des XIXe et XXe arrondissements.

Le nombre des inhumations reçues du 1er janvier 1860 au 31 décembre 1888, est de 16.638.

Savoir :

En concessions perpétuelles	811
En concessions temporaires	3.586
En concessions gratuites	12.241
Total	16.638

Lors de l'annexion, il existait dans le cimetière de Belleville 475 concessions perpétuelles, et 65 trentenaires datant de l'ancienne commune.

Du 1er janvier 1860 au 31 décembre 1888, il y a été délivré 141 concessions perpétuelles nouvelles, ce qui porte à 616 le nombre des concessions de cette nature existant dans le cimetière au 1er janvier 1889.

A cette même date, il restait en outre 40 concessions trentenaires datant de l'ancienne commune.

Cimetière de Bercy

Situation. -- Le cimetière de Bercy est limité à l'ouest par la rue de Charenton ; au nord par la rue de Gondi ; à l'est par un terrain communal, provenant de la désaffectation d'une partie de cimetière, et au sud par la rue Michel-Bizot prolongée.

Superficie. — Sa superficie est de	61a 80c
dont	13.74
sont occupés par les bâtiments et chemins.	
Il ne reste donc disponible pour le service des inhumations qu'une surface de	48.06
dont	22.15
étaient au 1er janvier 1889 occupés en concessions perpétuelles.	
La surface libre n'est donc plus que de	25a 91c

Historique. — Le cimetière de Bercy a été fondé par l'ancienne commune de ce nom en 1816. Il comprenait alors un terrain de 31 ares 5 centiares au lieudit la ruelle de la Planchette, tenant par devant à la grande route de Charenton, acquis du sieur Contour.

Ce premier enclos reçut trois agrandissements successifs, le premier en 1838, comprenant 21 ares 33 centiares, acquis des sieurs Contour et Vacher ; le deuxième en 1841, de 4 ares 83 ares, acquis du sieur Contour ; le troisième en vertu d'un jugement d'expropriation du 2 juillet 1850, comprenant 56 ares 39 centiares.

D'autre part, la vente à l'État d'une parcelle de 87 centiares pour l'élargissement de la route nationale n° 5 de Paris à Genève, suivant acte administratif du 7 mars 1840 et l'établissement d'un tour d'échelle de 4 ares 83 centiares avaient réduit le cimetière à la surface de 1 hectare 7 ares 90 centiares qu'il comprenait lors de l'annexion de la commune de Bercy à Paris au 1er janvier 1860.

A cette époque, le cimetière fut fermé aux inhumations temporaires gratuites, et ne reçut plus que les inhumations faites dans les concessions perpétuelles et trentenaires datant de l'ancienne commune.

Pendant le siège de Paris, il fut réouvert et affecté du 10 septembre 1870 au 28 février 1872 aux inhumations provenant du XIIe arrondissement; à la suite des événements de mai 1871, on adjoignit au cimetière pour augmenter sa superficie un terrain contigu, ce qui porta ses limites jusqu'à la rue des Meuniers.

D'autre part, un arrêté du 3 mars 1876 ferma définitivement aux inhumations toute la partie du cimetière nécessaire au prolongement de la rue Michel-Bizot entre la rue des Meuniers et la rue de Charenton; et l'arrêté réglementaire du 18 novembre 1879 prononça la même mesure pour les terrains annexés au cimetière en 1871. La surface du cimetière fut ainsi diminuée de 4.622 mètres.

L'arrêté du 8 mars 1883 prescrivit le déplacement d'office des tombes perpétuelles existant sur les terrains désaffectés : à la suite de ce déplacement la rue Michel-Bizot a été ouverte en août 1885.

Actuellement et depuis l'arrêté du 18 novembre 1879, le cimetière de Bercy reçoit exclusivement des inhumations en concessions perpétuelles et des concessions nouvelles peuvent y être délivrées.

Inhumations. — Comme dans la plupart des cimetières de l'ancienne banlieue et pour les mêmes motifs, on ne peut donner aucun renseignement sur les inhumations faites au cimetière de Bercy avant 1860.

Depuis le 1er janvier 1860 jusqu'au 31 décembre 1888, ce cimetière a reçu 7.928 inhumations.

Savoir :

En concessions perpétuelles	680
En concessions temporaires	1.279
En concessions gratuites	5.969
Total	7.928

Lors de l'annexion, il existait dans le cimetière de Bercy 184 concessions perpétuelles; depuis le 1er janvier 1860 jusqu'au 31 décembre 1888, il en a été délivré 222 ce qui porte à 406 le nombre des concessions perpétuelles existant à cette date dans le cimetière.

Il y reste en outre 13 concessions trentenaires non périmées provenant de l'ancienne commune.

Cimetière du Calvaire

Situation. — Le cimetière du Calvaire est contigu à l'église Saint-Pierre de Montmartre qui le limite au sud : de tous les autres côtés il est enclavé dans des propriétés particulières.

Superficie. — Sa superficie est de .... 5[a] 93[c]
dont 1.00

Il ne reste donc pour le service des inhumations qu'une surface de .... 4[a] 93[c]
entièrement occupée par des concessions perpétuelles.

Historique. — Ce cimetière est l'ancien cimetière paroissial devenu propriété de la commune de Montmartre par l'effet de la loi du 15 mai 1791. Il servit aux inhumations de la commune jusqu'au 5 janvier 1831, date de l'ouverture du cimetière Saint-Vincent. A partir de cette époque il ne reçut plus que des inhumations en concessions perpétuelles. Passé dans le domaine de la Ville de Paris par l'annexion de la commune de Montmartre, ce cimetière de dimensions très restreintes et entièrement rempli de concessions perpétuelles n'a jamais été utilisé que pour les inhumations faites dans les caveaux érigés sur ces concessions.

Inhumations. — On n'a aucun renseignement sur les inhumations faites dans le cimetière du Calvaire avant 1860. Du 1er janvier 1860 au 31 décembre 1888, il n'a reçu que 10 inhumations en concessions perpétuelles.

Le nombre des concessions perpétuelles qui s'y trouvent et qui ont été délivrées de 1801 à 1851 est de 75.

Cimetière de la Chapelle

Situation. — Le cimetière de la Chapelle est situé en dehors de Paris sur le territoire de la commune de Saint-Denis. Il est limité de toutes parts par des propriétés particulières et ne communique avec la route nationale de Paris à Lille que par une avenue de 160 mètres environ de longueur appartenant à la Ville de Paris.

Superficie. — Sa superficie est de	2h 10a 17c
dont	52.54
sont occupés par les bâtiments et chemins.	
Il ne reste donc disponible pour le service des inhumations,	
qu'une surface de	1.57.63
dont	4.20
étaient, au 1er janvier 1889, occupés en concessions perpétuelles.	
La surface libre à cette date était donc de	1h 53a 43c

Historique. — Le cimetière de la Chapelle est entré dans le domaine de la Ville de Paris par l'annexion de la commune de la Chapelle, qui l'avait établi pour remplacer l'ancien cimetière communal de la rue Marcadet, en exécution d'un décret d'utilité publique de 8 octobre 1849 et d'un jugement d'expropriation du 8 mai 1850.

Ouvert le 12 juin 1850, il reçut jusqu'à l'annexion des inhumations en concessions perpétuelles, trentenaires, temporaires et gratuites. Fermé le 1er janvier 1860, sauf aux inhumations dans les concessions perpétuelles ou trentenaires faites antérieurement à cette date, il fut rouvert aux concessions temporaires et aux inhumations gratuites du 1er avril 1867 au 31 mars 1869, puis du 1er avril 1876 au 31 décembre 1877, puis du 1er octobre 1882 au 1er juillet 1883.

Ces réouvertures successives et temporaires avaient pour but la réoccupation des terrains libres au fur et à mesure que la reprise des sépultures périmées permettait d'en disposer. Quant aux concessions perpétuelles, il n'en est pas délivré dans ce cimetière, aux termes de l'arrêté du 18 novembre 1879 ; mais des inhumations peuvent être effectuées dans les concessions perpétuelles datant de l'ancienne commune.

En 1881, l'Administration avait étudié un projet d'agrandissement du cimetière de la Chapelle par l'annexion de terrains contigus d'une superficie du 3 hectares 65 ares 4 centiares.

Saisi de ce projet par mémoire préfectoral du 22 mars 1881, le Conseil municipal l'acceptait par délibération du 31 mars 1882 ; mais, au cours et à la suite de l'enquête d'utilité publique, les propriétaires voisins des terrains à acquérir, et la commune de Saint-Denis soulevèrent de telles difficultés que le décret déclaratif ne put être obtenu et que, sur la proposition de l'Administration, le Conseil municipal, par délibération du 16 mai 1883, renonça à l'agrandissement projeté.

Inhumations. — Le cimetière de la Chapelle a reçu :

Du 1er avril 1867 au 31 mars 1869 les inhumations des Xe et XVIIIe arrondissements ;

Du 1er avril 1876 au 31 décembre 1877, les inhumations des IIe, XIe et partie du XXe arrondissements;

Du 1er octobre 1882 au 1er juillet 1883, les inhumations des Xe, XIe et XVIIIe arrondissements;

Depuis la date de sa création, le 12 juin 1850, jusqu'au 31 décembre 1888, ce cimetière a reçu 38.424 inhumations.

Savoir :

En concessions perpétuelles	242
En concessions trentenaires	35
En concessions temporaires	8.346
En concessions gratuites	29.801
Total	38.424

Il contient 102 concessions perpétuelles, datant toutes de l'ancienne commune. Il n'y reste plus aucune concession trentenaire.

Cimetière de Charonne

Situation. — Le cimetière de Charonne est limité au nord par le chemin du Parc-de-Charonne; à l'est et à l'ouest par des propriétés particulières; au sud par l'église et le presbytère de Saint-Germain-de-Charonne entre lesquels est ménagé un passage qui donne accès sur la rue de Bagnolet.

Superficie. — Sa superficie est de 41a 56
dont 6.70
sont occupés par les chemins.

Il ne reste donc disponible pour le service des inhumations qu'une surface de 34.86
dont 9.48
étaient, au 1er janvier 1889, occupés en concessions perpétuelles.

La surface libre à cette date était donc de 25a 38c

Historique. — Le cimetière de Charonne est l'ancien cimetière paroissial devenu propriété de la commune de Charonne par l'effet de la loi du 15 mai 1791. Sa superficie était alors de 25 ares 15 centiares comprenant une partie de la 1re division actuelle.

Cet enclos primitif a été agrandi deux fois. La commune acquit : 1° en 1845 de la dame Laurent et du sieur Boudois deux jardins d'une superficie totale de 18 ares 66 centiares situés entre le cimetière et le chemin du Parc-de-Charonne (partie de la 1re division, divisions 2, 3 et 4 du cimetière actuel) ;

2° En 1859, de divers propriétaires des terrains d'une superficie totale de 1 hectare 7 ares 1 centiare situés entre le chemin du Parc-de-Charonne et le chemin de ronde du Père La Chaise.

Fermé après l'annexion du 1er janvier 1860, sauf aux inhumations à faire dans les concessions perpétuelles et trentenaires datant de l'ancienne commune, ce cimetière fut réouvert pendant le siège de Paris et reçut des inhumations en tranchée gratuite et en concessions temporaires du 10 septembre 1870 au 31 mars 1872.

Savoir :

Du 10 septembre 1870 au 19 mars 1871, celles du XXe arrondissement ;

Du 20 mars 1871 au 19 juin 1871, celles des XIe et XXe arrondissements ;

Du 20 juin 1871 au 31 mars 1872, celles des IVe, XIe et XXe arrondissements.

L'arrêté réglementaire du 18 novembre 1879 désaffecta du service des inhumations toute la partie du cimetière de Charonne située au delà du chemin du Parc, partie qui n'avait jamais reçu que des inhumations gratuites et temporaires. La superficie du cimetière se trouva ainsi réduite de 1 hectare 4 ares 26 centiares et ramené à ses dimensions actuelles.

Ce même arrêté autorisa la délivrance de concessions perpétuelles nouvelles dans la partie conservée du cimetière.

Inhumations. — On ne peut donner, pour ce cimetière, aucun renseignement sur le nombre des inhumations faites avant 1855, époque à laquelle remonte le seul registre conservé dans les archives du cimetière.

Du 1er janvier 1855 au 31 décembre 1888, le cimetière de Charonne a reçu 13.147 inhumations.

Savoir :

En concessions perpétuelles	418
En concessions temporaires	2.095
En concessions gratuites	10.634
Total	13.147

Lors de l'annexion, il existait dans le cimetière de Charonne 118 concessions perpétuelles. Du 1er janvier 1860 au 31 décembre 1888, il en a été délivré 14, ce qui porte à 132 le nombre des concessions perpétuelles existant à cette époque dans le cimetière.

Il n'y reste plus de concessions trentenaires provenant de l'ancienne commune.

Cimetière de Grenelle

Situation. — Le cimetière de Grenelle est borné au nord par la rue Cauchy, à l'est par la rue Saint-Charles, au sud et à l'ouest par des propriétés particulières.

Superficie. — Sa superficie est de 63ᵃ 75ᶜ
dont 26.33
sont occupés par les chemins et bâtiments.

Il ne reste donc disponible pour le service des inhumations qu'une surface de 37.42
dont 7.80
étaient, au 1ᵉʳ janvier 1889, occupés en concessions perpétuelles.

La surface libre à cette date était donc de 29ᵃ 62ᶜ

Historique. Ce cimetière est l'ancien cimetière communal de Grenelle qui a été fondé peu de temps après la création de cette commune, sur un terrain de 34 ares 52 centiares acquis à cet effet des époux de Pernety le 27 janvier 1835, au lieu dit les Belles-Noix à l'extrémité de l'avenue Saint-Charles. Ce cimetière fut agrandi deux fois : 1° en 1842, de 25 ares 54 centiares acquis des époux Letellier ; 2° en 1847, de 11 ares 16 centiares, échangés aux époux Fondary contre une parcelle de 8 ares 37 centiares, retranchée du cimetière. D'autre part, le prolongement de l'avenue Saint-Charles enleva au cimetière une superficie de 2 ares 79 centiares ce qui le réduisait à ses limites actuelles.

Jusqu'au 1ᵉʳ janvier 1860, ce cimetière reçut toutes les inhumations de la commune de Grenelle. Après l'annexion, il continua jusqu'au 30 septembre 1861 à être affecté aux inhumations temporaires et gratuites des quartier de Grenelle et de Javel (ancienne commune de Grenelle), mais il n'y fut plus délivré de concessions perpétuelles nouvelles, les inhumations étant néanmoins autorisées dans celles qui avaient été faites avant l'annexion.

En 1870, le cimetière de Grenelle reçut les corps de 1.456 soldats morts pendant la guerre franco-allemande qui furent inhumés en tranchée dans les 6e et 7e divisions.

Enfin, aux termes de l'arrêté réglementaire du 18 novembre 1879, des concessions perpétuelles peuvent être délivrées dans le cimetière de Grenelle.

Inhumations. — On ne peut donner aucun renseignement sur les inhumations faites dans ce cimetière antérieurement au 1er janvier 1860.

De cette date au 31 décembre 1888, le cimetière de Grenelle a reçu 1,446 inhumations (1).

Savoir :

En concessions perpétuelles	312
En concessions temporaires	324
En concessions gratuites	810
Total	1.446

A cette même date le cimetière contenait 187 concessions perpétuelles dont 112 datent de l'ancienne commune et 75 délivrées depuis 1879. Il n'existe dans ce cimetière aucune concession trentenaire.

Cimetière d'Ivry

Le cimetière d'Ivry a été formé par la réunion, en exécution de l'arrêté préfectoral du 9 novembre 1886, en une seule conservation des deux cimetières

(1) Non compris les 1,456 soldats ci-dessus mentionnés, inhumés sans mandat régulier des Maires.

parisiens d'Ivry (ancien et nouveau). L'effet de cet arrêté a été fixé au 15 novembre 1886 ; depuis cette date, il n'existe qu'une seule conservation réunissant les archives de deux anciens cimetières. Néanmoins, comme il a été nécessaire, pour retrouver l'emplacement des tombes occupées dans les deux enclos, de conserver le numérotage attribué aux deux divisions de chacun d'eux, il faut encore, dans la pratique, conserver les dénominations de « cimetière d'Ivry (ancien) » et de « cimetière d'Ivry (nouveau) ». On croit donc devoir consacrer une notice à chacun de ces anciens cimetières, contenant les indications qui leur sont spéciales, et l'on se bornera ici à porter les renseignements relatifs à la période écoulée du 15 novembre 1886 au 31 décembre 1888.

Depuis le 15 novembre 1886, le cimetière d'Ivry est affecté aux inhumations temporaires et gratuites des XIIe et XIIIe arrondissements. De plus, depuis le 1er avril 1887, il y est délivré des concessions trentenaires ; au 31 décembre 1888, il y existait 163 concessions de cette nature.

Le nombre des inhumations faites, du 15 novembre 1886 au 3 décembre 1888, est de 14,583.

Savoir :

En concessions trentenaires	1.769
En concessions temporaires	3.448
En concessions gratuites	11.066
Total	14.583

Jusqu'ici, toutes les inhumations ont lieu dans les terrains du cimetière d'Ivry (nouveau); les terrains du cimetière ancien qui deviennent libres successivement par suite des reprises étant jusqu'à nouvel ordre réservés soit pour être ultérieurement affectés de nouveau aux inhumations, soit pour être rendus au commerce et aliénés par la Ville de Paris.

Un emplacement spécial est affecté dans ce cimetière à l'inhumation des suppliciés.

Cimetière d'Ivry (ancien)

Situation. — Le cimetière d'Ivry ancien) est situé sur le territoire des communes d'Ivry et de Gentilly. Il est limité au nord par des propriétés particulières qui le séparent de la rue des Plantes, avec laquelle il communique par une voie d'accès appartenant à la Ville de Paris, à l'est par la route de Choisy, au sud par la route stratégique du fort d'Ivry au fort de Bicêtre, à l'ouest par des propriétés particulières.

Superficie. — Sa superficie est de.......................... $13^h 22^a 70^c$
dont.. 4.40.90
sont occupés par les bâtiments et chemins.

Il ne reste donc disponible pour le service des inhumations qu'une surface de.. $8^h 81^a 80^c$

Historique. — Le cimetière d'Ivry (ancien) a été créé en 1861 pour remplacer le cimetière des Hospices, établi antérieurement au cimetière du Sud dans un terrain complètement saturé et devenu impropre aux inhumations; l'Administration profita de cette translation pour établir, à côté du cimetière des Hôpitaux, un cimetière pour les inhumations ordinaires. Un décret du 12 août 1857 déclara d'utilité publique l'établissement du cimetière affecté à cette double destination, et un jugement d'expropriation du 29 mars 1859 attribua à la Ville de Paris la propriété de 9 hectares 56 ares 1 centiare; 5 hectares furent mis à la disposition de l'Assistance publique pour l'inhumation des corps non réclamés des hôpitaux, et 4 hectares 56 ares 1 centiare formèrent un cimetière exclusivement affecté aux inhumations en concessions temporaires et en tranchée gratuite, qui fut ouvert le 1er octobre 1861. Ce cimetière fut agrandi en vertu d'un décret d'utilité publique du 8 septembre 1864, et d'un jugement d'expropriation du 14 mars 1865, qui augmentèrent sa surface de 3 hectares 78 ares 73 centiares.

Fermé pendant le siège de Paris, en 1870, ce cimetière fut rouvert le 20 mars 1871; entièrement rempli en 1879, il fut fermé du 1er avril 1879 au 1er janvier 1880; depuis cette dernière date, il a reçu à nouveau des inhumations jusqu'au 15 novembre 1886, époque de sa réunion au cimetière d'Ivry (nouveau).

En exécution d'une délibération du Conseil municipal du 15 novembre 1882, l'Administration municipale a repris, à partir du 1er janvier 1883, la direction du cimetière des Hôpitaux, et l'enclos de 5 hectares mis à la disposition de l'Assistance publique a été réuni au cimetière d'Ivry (ancien). La surface de ce cimetière a été ainsi portée à 13 hectares 34 ares 74 centiares, dont 12 ares 4 centiares représentent le rond-point ménagé en dehors du cimetière, ce qui réduit le cimetière proprement dit à 13 hectares 22 ares 70 centiares.

Inhumations. — Le cimetière d'Ivry, comme il a dit ci-dessus, a toujours été affecté exclusivement aux inhumations temporaires et gratuites. Sa circonscription, depuis sa création jusqu'au 15 novembre 1886, a compris les arrondissements suivants :

Du 1er octobre 1861 au 9 septembre 1870, les Ve et XIIIe arrondissements ;

Du 20 mars 1871 au 31 mars 1872, les Ve, XIIIe et XIVe arrondissements ;

Du 1er janvier 1873 au 31 décembre 1873, les IVe, Ve, XIIIe et XIVe arrondissements ;

Du 1er janvier 1874 au 31 octobre 1878, les Ier, IIIe, IVe et partie du XXe arrondissement ;

Du 1er novembre 1878 au 30 mars 1879, les Ier, IIIe, IVe, Ve, VIe, VIIe, XIIe, XIIIe, XIVe et XVe arrondissements ;

Du 1er avril 1880 au 14 décembre 1882, les Ier, IIe, IIIe et partie du XXe arrondissement;

Du 15 décembre 1882 au 30 juin 1883, les Ier, IIe, IIIe, XIIe, XVe et partie du XXe arrondissement;

Du 1er juillet 1883 au 20 octobre 1883, les Ier, IIe, IIIe, XIe, XIIe, XVe et partie du XXe arrondissement;

Du 21 octobre 1883 au 15 juillet 1884, les Ier, IIe, IIIe, IVe, VIIe, XIe, XIIe et XVe arrondissements;

Du 16 juillet 1884 au 31 juillet 1885, les IIIe, IVe, V^e^, VIe, VIIe, XIIe et XVe arrondissements;

Du 1er août 1885 au 28 février 1886, les IVe et XVe arrondissements;

Du 1er mars 1886 au 14 novembre 1886, les Ier, IIIe, IVe et XVe arrondissements.

En sus de ces inhumations faites sur les mandats des maires, le cimetière d'Ivry (ancien) a reçu, du 1er janvier au 30 juin 1883, les corps non réclamés des hôpitaux. Du 1er janvier 1883 au 1er avril 1887, il a reçu les corps non réclamés provenant de l'hospice Sainte-Anne, de la Morgue, et les corps des suppliciés.

Le nombre des inhumations de toute nature faites dans ce cimetière, du 1er octobre 1861 au 14 novembre 1886, est de 157,234.

SAVOIR :

En concessions temporaires	32.374
En concessions gratuites	118.753
TOTAL des inhumations des mandats des maires...	151.127
Corps venant des hôpitaux, de la Morgue, de Sainte-Anne; suppliciés, etc	6.107
TOTAL.....	157.234

Ne sont pas compris dans ce chiffre : 1° les corps non réclamés provenant des hôpitaux, inhumés par les soins de l'Assistance publique avant le 1er janvier 1883, et pour lesquels aucun renseignement n'a pu être donné; 2° les 4.413 corps de soldats inhumés pendant la guerre franco-allemande dans des tranchées spéciales du cimetière des Hospices (1re, 16e et 11e divisions).

Enclos spéciaux. — Jusqu'à ces dernières années, le cimetière d'Ivry (ancien) renfermait deux enclos spéciaux : 1° le cimetière des Hospices, dont il a été parlé ci-dessus et qui occupait les 11e, 12e, 13e, 14e, 15e, 16e, 17e, 18e et la plus grande partie de la 1re division du cimetière actuel. Dans cet enclos était compris un cimetière spécial pour les inhumations de l'hospice de Bicêtre, fermé par une clôture en planches, et un emplacement spécial pour l'inhumation des sœurs hospitalières. Toutes ces clôtures intérieures ont été supprimées lors de l'annexion du cimetière des Hospices au cimetière d'Ivry; 2° le cimetière israélite, établi dans la 10e division, qui, du 1er janvier 1874 au 1er avril 1882, a reçu les inhumations en concessions temporaires et en tranchée gratuite des corps des personnes appartenant au culte israélite provenant de tous les arrondissements de Paris. Par suite de la loi du 14 novembre 1881, cet enclos a été supprimé et la clôture en planches qui l'entourait a été démolie en 1882, ainsi que la maison de purification également en planches qui s'y trouvait.

Les inhumations des corps provenant de Sainte-Anne et de la Morgue avaient également lieu dans des parties spéciales de la 18e division; quant aux cadavres des suppliciés, un emplacement leur était réservé dans la 11e division.

Ainsi qu'il a été dit ci-dessus, depuis le 15 novembre 1886, les terrains qui formaient précédemment le cimetière d'Ivry (ancien) n'ont plus reçu aucune inhumation.

Cimetière d'Ivry (nouveau)

Situation. — Le cimetière d'Ivry (nouveau) était situé sur le territoire des communes d'Ivry et de Gentilly. Il était limité au nord par la route stratégique du fort d'Ivry au fort de Bicêtre, à l'est par la route de Choisy, au sud et à l'ouest par le chemin vicinal dit « la coupe d'Ivry » à Bicêtre et par des propriétés particulières à travers lesquelles est percé un chemin d'accès appartenant à la Ville, qui le met en communication avec la route de Fontainebleau (nationale n° 7).

Superficie. — Sa superficie est de........................ $21^h 64^a 27^c$
dont.. 7.21.76
sont occupés par les bâtiments et chemins.

Il ne reste donc disponible pour le service des inhumations qu'une surface de.. $14^h 42^a 51^c$

Historique. — L'insuffisance du cimetière d'Ivry (ancien) ayant été démontrée, et les projets relatifs à l'établissement de cimetières définitifs parisiens ne pouvant recevoir de solution en raison des circonstances, l'Administration dut songer, en 1870, à donner au service des inhumations des terrains plus étendus.

Une délibération du Conseil municipal, du 1er juillet 1870, autorisa l'Administration à poursuivre l'agrandissement du cimetière d'Ivry.

La Ville acquit, soit par des acquisitions amiables, soit par un jugement d'expropriation du 7 janvier 1873, 13 hectares 70 ares 27 centiares, qui formèrent le cimetière d'Ivry (nouveau). Ce cimetière, affecté exclusivement aux inhumations en concessions temporaires et en tranchée gratuite, fut ouvert le 1er janvier 1874. Quatre ans plus tard, aucune solution n'étant intervenue pour la question des cimetières parisiens, on dut procéder à l'agrandissement du cimetière d'Ivry qui fut autorisé par délibération du 25 juillet 1878. Un jugement d'expropriation du 4 mars 1879 et divers contrats amiables accrurent la surface du cimetière de 7 hectares 14 ares 52 centiares, qui lui donnèrent ses limites actuelles.

Avant la réalisation de ces acquisitions nouvelles, le cimetière, complètement rempli, avait dû être fermé du 1er novembre 1878 au 1er août 1879. Depuis cette dernière date, il n'a cessé d'être ouvert aux inhumations.

Inhumations. — La circonscription du cimetière d'Ivry (nouveau) a compris successivement les arrondissements suivants :

Du 1er janvier 1874 au 30 octobre 1878 : les Ve, VIe, VIIe, XIIe, XIIIe, XIVe et XVe arrondissements ;

Du 1er août 1879 au 31 décembre 1879 : les Ier, Ve, VIe, VIIe, XIII, XIVe et XVe arrondissements ;

Du 1er janvier 1880 au 9 octobre 1882 : les IVe, Ve, VIe, VIIe, XIIIe, XIVe et XVe arrondissements ;

Du 20 octobre 1882 au 14 décembre 1882 : les IVe, Ve, VIe, VIIe, XIe, XIIe, XIIIe, XIVe et XVe arrondissements ;

Du 15 décembre 1882 au 20 octobre 1883 : les IVe, Ve, VIe, VIIe, XIIIe, XIVe et XVe arrondissements ;

Du 21 octobre 1883 au 15 juillet 1884 : les Ve, VIe, XIIIe et XIVe arrondissements ;

Du 16 juillet 1884 au 31 juillet 1885 : les XIIIe et XIVe arrondissements ;

Du 1er août 1885 au 28 février 1886 : les Ve, VIe, VIIe, XIIe, XIIIe et XIVe arrondissements ;

Du 28 février 1886 au 14 novembre 1886 : les Ve, VIe, VIIe, XIe, XIIe, XIIIe et XIVe arrondissements.

De plus, du 1er juillet 1883 au 1er avril 1887, ce cimetière a reçu les corps non réclamés des hôpitaux, qui étaient inhumés dans une parcelle située en dehors du mur de clôture du cimetière de l'autre côté du chemin vicinal d'Ivry à Bicêtre.

Le nombre des inhumations de toute nature faites dans le cimetière d'Ivry (nouveau) du 1er janvier 1874 au 14 novembre 1886 est de 206,529.

Savoir :

En concessions temporaires	39.986
En concessions gratuites :	59.947
Total des inhumations sur mandats des maires	199.933
Corps non réclamés	6.596
Total	206.529

Il n'a jamais existé dans le cimetière d'Ivry (nouveau) d'enclos spéciaux.

La 37e division, occupant un emplacement dont le sol recouvre d'anciennes carrières et ne présente pas des garanties de solidité suffisantes pour les inhumations, sert au dépôt des détritus du service des plantations.

Cimetière de Pantin

Situation. — Le cimetière de Pantin, au nord-est de Paris, ainsi appelé parce qu'il se trouve, pour sa majeure partie, sur le territoire de la commune de Pantin, est limité au nord et à l'est par la zone militaire du fort d'Aubervilliers, et le chemin d'Aubervilliers à Bobigny ; à l'ouest, par la route nationale de Paris à Maubeuge et l'aqueduc de Bondy ; au sud, par la route départementale de Paris à Meaux.

Superficie. — Sa superficie totale est de.................. $99^h 07^a 32^c$
dont.. 63.59.57
sont occupés par les bâtiments, les chemins et avenues et par les plantations établies en bordure des carrés ou divisions où ont lieu les inhumations.

Il ne reste donc disponible pour le service des inhumations qu'une surface de.. 35.47.75
dont.. 6.03.25
étaient occupés au 1er janvier 1889.

A cette époque, la surface libre n'était donc plus que de.... $29^h 44^a 50^c$

Historique. — Le cimetière de Pantin dont l'établissement a été voté par le Conseil municipal dans sa séance du 28 juin 1883 (voir page 44), a été ouvert aux inhumations temporaires et gratuites, le 15 novembre 1886, en vertu d'un arrêté préfectoral en date du 9 du même mois.

Depuis le 1er janvier 1887, il reçoit les inhumations en concessions trentenaires, et ce en exécution d'un arrêté préfectoral en date du 30 décembre 1886.

Aménagement. — Le cimetière de Pantin comprend 163 divisions déterminées par des avenues droites se coupant à angles droits. Cette disposition, outre l'avantage de se prêter mieux que toute autre à l'exacte utilisation du terrain, permet d'assurer la surveillance avec un personnel de gardes aussi restreint que possible, et facilite au public la recherche des tombes qu'il vient visiter.

Ces divisions affectent la forme de carrés de 64 mètres de coté. Chacune se subdivise en quatre parties égales, déterminées par un chemin en croix d'une largeur de 2 mètres, et comporte une partie intérieure destinée à servir aux inhumations, puis un chemin d'un mètre entourant ce noyau, puis une zone plantée d'une largeur de 5 mètres sur deux côtés et de 8 mètres sur les deux autres, masquant la vue des tombes.

L'accès de l'intérieur des divisions est assuré par le chemin en croix de 2 mètres.

Les dimensions des carrés affectés aux inhumations sont invariables ; elles sont de 48 mètres sur 52 mètres pour les divisions affectées aux inhumations en concessions trentenaires et temporaires et de 46 mètres sur 51 pour les divisions affectées aux inhumations en tranchée gratuite.

Le cimetière de Pantin est partagé en deux parties par une grande allée partant de la porte principale et traversant tout le cimetière. Sa largeur est de 20 mètres (chaussée 8 mètres, trottoirs 6 mètres). Cette largeur donnée aux trottoirs a permis d'y planter une double rangée d'arbres.

Une allée de même largeur traversant dans le sens opposé le cimetière croise cette allée principale.

Les allées ordinaires se composent d'une chaussée de 5 mètres bordée par des trottoirs de 2 mètres. De deux en deux avenues, les allées ont été portées à une largeur de 12 mètres : chaussée, 6 mètres ; trottoirs, 3 mètres ; à l'intérieur du mur de clôture et le bordant, court une allée de ceinture d'une largeur de 12 mètres.

La longueur totale des chemins du cimetière de Pantin est de 31 kilomètres ; l'essence des arbres d'alignement varie pour chaque avenue et sert à dénommer les différentes voies.

A l'intersection des grandes avenues ont été ménagés quatre ronds-points destinés à l'érection de monuments de souvenir : pyramides, ou colonnes tronquées.

Les douze premières divisions du cimetière de Pantin sont affectées aux inhumations en concessions trentenaires ; les inhumations en concessions temporaires s'effectuent dans les autres divisions situées à droite de l'avenue principale et de la grande avenue transversale, et les inhumations en tranchée gratuite dans les divisions situées à gauche de ces deux avenues.

Les concessions trentenaires, assimilées aux concessions perpétuelles sont toutes d'une superficie de 2 mètres (1 mètre de façade sur 2 mètres de profondeur avec isolement de 40 centimètres à sa tête et sur les côtés et de 1 mètre aux pieds).

Les concessions temporaires d'une contenance de 2 mètres, et qui, dans les anciens cimetières, ne sont accessibles que par une de leurs extrémités sont isolées à la tête et aux pieds par un chemin d'un mètre.

Chaque division comprend trente-deux lignes à vingt-cinq fosses chacune, soit deux cents fosses par carré, et huit cents fosses par division.

Les tranchées gratuites sont ménagées en lignes de 2 mètres séparées par un intervalle de 50 centimètres.

Les dimensions des divisions affectées aux inhumations gratuites, 41 mètres sur 51 mètres, permettent d'y creuser trente-six lignes ou tranchées de 24 mètres 50 avec isolement de 50 centimètres et à raison de 1 mètre 03 par inhumation, 2.372 corps peuvent être inhumés dans chacune de ces divisions.

Inhumations. — Le cimetière de Pantin reçoit les inhumations en concessions temporaires et en tranchée gratuite provenant des IIe, IIIe, IXe, Xe, XIe, XVIIIe, XIXe et XXe arrondissements de Paris.

Toute personne domiciliée à Paris peut y acquérir une concession trentenaire.

Depuis le 15 novembre 1886, jour de son ouverture, jusqu'au 1er janvier 1889, le cimetière de Pantin a reçu 38.848 inhumations.

Savoir :

En concessions trentenaires	43
En concessions temporaires	10.357
En tranchée gratuite	28.448
Total égal	38.848

Depuis le 1er janvier 1887 jusqu'au 1er janvier 1889, 92 concessions trentenaires y ont été délivrées.

Un carré de la 17e division est réservé pour les inhumations en concessions temporaires des personnes appartenant au culte israélite.

Depuis le 1er janvier 1888, les embryons qui précédemment étaient dirigés sur le cimetière de la Villette, sont inhumés au cimetière de Pantin dans la 24e division.

Cimetière de Passy

Situation. — Le cimetière de Passy est limité au nord par l'avenue de Trocadéro, à l'est, par la place du Trocadéro et l'avenue de Longchamps; au sud, par la rue des Réservoirs; à l'ouest, par les réservoirs de la Ville et divers immeubles particuliers.

Superficie. — Sa superficie totale est de.................... 1^{h}74^{a}93^{c}
dont.. 46.90
sont occupés par les bâtiments et chemins.

Il ne reste donc disponible pour le service des inhumations qu'une surface de... 1^{h}28^{a}03^{c}
qui, au 1er janvier 1889, était totalement occupée en concessions perpétuelles.

Historique. — Le cimetière de Passy a été ouvert le 20 septembre 1820 pour recevoir les inhumations de l'ancienne commune de ce nom qui, dès l'an X et l'an XI, avait acquis à cet effet des terrains d'une contenance de.. 10^{a}76^{c}

Ce premier enclos reçut des agrandissements successifs réalisés en 1826, 1833, 1846 et 1854, qui portèrent sa superficie totale à.. 1.82.55
mais en 1860, une zone de.................................. 7.62
fut retranchée du cimetière pour l'ouverture de l'avenue du Trocadéro, ce qui réduisit la superficie totale à................. 1^{h}74^{a}93^{c}

La destruction totale des archives de la Ville de Paris en 1871, ne permet point d'indiquer quelles divisions actuelles occupaient le cimetière primitif et les terrains acquis pour son agrandissement.

Après l'annexion de la commune de Passy à Paris, du 1er janvier 1860 au 31 juillet 1866, le cimetière, outre les inhumations en concessions perpétuelles qui sont délivrées à toute personne domiciliée à Paris, reçut les inhumations en concessions temporaires et en tranchée gratuite d'une partie de XVIe arrondissement.

Du 1er août 1866 au 19 juin 1871, fermé aux inhumations temporaires et gratuites, il ne reçut que des inhumations en concessions perpétuelles.

Du 20 juin 1871 au 31 décembre 1873, il fut de nouveau affecté aux inhumations temporaires et gratuites provenant du XVIe arrondissement et d'une partie du XVe arrondissement.

Enfin, en exécution de l'arrêté du 26 novembre 1873, aux termes duquel à dater du 1er janvier 1874, les inhumations en concessions temporaires et en tranchée gratuite devaient se faire dans les cimetières *extra muros*, le cimetière de Passy fut à partir de ce jour exclusivement affecté aux inhumations en concessions perpétuelles.

Le registre des inhumations de l'ancienne commune de Passy, ne datant que du mois d'août 1854, on ne peut indiquer le nombre des inhumations effectuées antérieurement à cette époque ; mais du mois d'août 1854 au 1er janvier 1889, le nombre des corps inhumés a été de 11.503.

Savoir :

En concessions perpétuelles	2.806
En concessions temporaires	2.635
En tranchée gratuite	6.062
Total	11.503

Lors de l'annexion, le 1er janvier 1860, il existait dans le cimetière de Passy, 809 concessions perpétuelles ; depuis le 1er janvier 1860 jusqu'au 31 décembre 1888, il en a été délivré 1.357, ce qui porte à 2,166 le nombre des concessions perpétuelles existant à cette date dans le cimetière.

Par suite de l'ouverture projetée de l'avenue de la Muette qui traversera les 2e, 5e, 8e, 9e, 10e, 11e, 12e. et 15e divisions, le cimetière de Passy doit être coupé en deux parties.

Par arrêté préfectoral du 18 novembre 1879 (art. 5), l'emplacement nécessaire à l'exécution de ce projet de voirie a été réservé, et cette réserve comprend non seulement les terrains libres placés dans la partie du cimetière affectée par ledit projet, mais encore les terrains nécessaires au déplacement des sépultures qui peuvent se trouver sur l'emplacement de la voie projetée.

Les terrains ainsi réservés pour le déplacement de ces sépultures sont situés dans les 10e et 11e divisions.

D'après les projets à l'étude, la partie du cimetière située au nord de l'avenue de la Muette serait relié à cette avenue par une rampe d'accès empruntant une partie des terrains actuellement occupés par les réservoirs de la rue des Bassins.

Cimetière de Saint-Ouen

Le cimetière de Saint-Ouen a été formé en exécution de l'arrêté préfectoral du 9 novembre 1886, par la réunion en une seule conservation des deux cimetières parisiens de Saint-Ouen (ancien et nouveau). L'effet de cet arrêté a été fixé au 15 novembre 1886 ; depuis cette date, il n'existe qu'une seule conservation réunissant les archives des deux anciens cimetières.

Néanmoins, comme il a été nécessaire, pour permettre de retrouver l'emplacement des tombes occupées dans les deux enclos, de conserver le numérotage attribué aux divisions de chacun d'eux, il faut encore dans la pratique conserver les dénominations de ce cimetière Saint-Ouen (ancien) et cimetière de Saint-Ouen (nouveau). On croit donc devoir consacrer une notice à chacun de ces anciens cimetières, contenant les indications qui leur sont spéciales ;

et l'on se bornera ici à porter les renseignements relatifs à la période écoulée du 15 novembre 1886 au 31 décembre 1887.

Depuis le 15 novembre 1886, le cimetière Saint-Ouen est affecté aux inhumations temporaires et gratuites des VIIIe et XVIIe arrondissements. De plus, depuis le 1er avril 1887, il y est délivré dans les divisions du cimetière Saint-Ouen ancien) des concessions trentenaires, au 31 décembre 1888, il y existait 347 concessions de cette nature.

Il y existait en outre à cette date 180 concessions perpétuelles (dans le cimetière Saint-Ouen ancien) dont 18 datent de l'ancienne commune de Montmartre, les 162 autres ayant été délivrées par la Ville de Paris de 1860 à 1870.

Le nombre des inhumations faites du 15 novembre 1886 au 31 décembre 1888 est de 10,225 :

Savoir :

En concessions perpétuelles	28
En concessions trentenaires	260
En concessions temporaires	4.766
En concessions gratuites	5.271
Total	10.225

Ainsi qu'il a été dit ci-dessus, les terrains du cimetière Saint-Ouen ancien sont affectés aux concessions trentenaires. Quant aux terrains du cimetière Saint-Ouen nouveau, les inhumations y sont concentrées dans une zone comprenant les vingt premières divisions (entre le mur de clôture du cimetière, côté sud et l'avenue latérale n° 3) la partie du cimetière comprise au delà de cette zone étant réservée pour une désaffectation ultérieure demandée par la commune de Saint-Ouen, si le Conseil municipal, saisi de la question, décide qu'il y a lieu de la prononcer.

Cimetière de Saint-Ouen (ancien)

Situation. — Le cimetière de Saint-Ouen (ancien) est situé sur le territoire de la commune de ce nom.

Il affecte une forme triangulaire dont la pointe est dirigée au nord, il est limité à l'est par le chemin des Poissonniers, à l'ouest par le chemin de la Procession, au sud par des propriétés particulières.

Superficie. — Sa superficie est de........................ $3^h\,70^a\,84^c$
dont.. 92.71
sont occupés par les bâtiments et chemins.

Il ne reste donc pour le service des inhumations qu'une surface de... 2.78.14

Historique. — Le cimetière de Saint-Ouen a été créé en 1858 par la commune de Montmartre pour remplacer son cimetière de la rue Saint-Vincent, devenu insuffisant et enclavé dans les habitations. Il fut ouvert le 5 juillet 1858. Il comprenait alors 2 hectares 73 ares 52 centiares acquis de la D[lle] Bourdin; agrandi en 1859 et porté à ses limites actuelles, il devint propriété de la Ville de Paris par suite de l'annexion de la commune de Montmartre le 1er janvier 1860, et fut affecté aux inhumations provenant du XVIIIe arrondissement, puis des Xe et XVIIIe arrondissements. Fermé le 1er avril 1867, il fut réouvert le 1er janvier 1870. Fermé à nouveau pendant le siège de Paris à partir du 9 septembre 1870, il fut réouvert le 20 mars 1871, mais exclusivement aux inhumations en concessions temporaires et gratuites, puis fermé le 31 décembre 1872. Il fut ensuite ouvert du 1er avril 1876 au 5 novembre 1877, du 1er janvier 1880 au 21 août 1881, et du 10 mars 1882 au 20 octobre 1883. Ces réouvertures successives avaient pour but d'utiliser les terrains devenus libres par suite des reprises des sépultures périmées, et la fermeture du cimetière s'imposait aussitôt que tous les terrains libres étaient occupés.

Inhumations. — Avant 1860, la commune de Montmartre délivrait dans ce cimetière des concessions perpétuelles, temporaires et gratuites. Après l'annexion, la Ville de Paris y délivra jusqu'en 1871 des concessions perpétuelles, depuis cette date, le cimetière est exclusivement affecté aux inhumations temporaires et gratuites, sauf celles qui sont effectuées dans les concessions perpétuelles antérieurement délivrées.

La circonscription du cimetière Saint-Ouen (ancien) a compris successivement les arrondissements suivants :

Du 1er janvier 1860 au 31 juillet 1864, le XVIIIe arrondissement ;

Du 1er août 1864 au 31 mars 1867, les Xe et XVIIIe arrondissements ;

Du 1er janvier 1870 au 9 septembre 1870, les Xe et XVIIIe arrondissements ;

Du 20 mars 1871 au 31 décembre 1871, le XVIIIe arrondissement ;

Du 1er janvier 1872 au 31 mars 1872, les Xe et XVIIIe arrondissements ;

Du 1er avril 1872 au 31 décembre 1872, les IVe, Xe et XVIIIe arrondissements ;

Du 1er janvier 1873 au 28 février 1873, les Xe et XVIIIe arrondissements ;

Du 1er mars 1873 au 31 décembre 1873, les Xe, XVIIIe et XIXe arrondissements ;

Du 1er avril 1876 au 4 novembre 1877, les Xe et XIXe arrondissements ;

Du 1er janvier 1880 au 31 août 1881, les XIXe et partie du XXe arrondissements ;

Du 10 mars 1882 au 10 octobre 1883, les XIXe et partie du XXe arrondissements ;

Du 1er mars 1886 au 14 novembre 1886, les IIe, XIXe et XXe arrondissements ;

Avant 1860, le cimetière avait reçu 1.771 inhumations :

Savoir :

En concessions perpétuelles.................................	28
En concessions temporaires.................................	240
En concessions gratuites.................................	1.503
Total...........	1.771

Depuis le 1er janvier 1860, jusqu'au 14 novembre 1886, il a reçu 84,892 inhumations :

Savoir :

En concessions perpétuelles.................................	517
En concessions temporaires.................................	17.416
En concessions gratuites.................................	66.959
Total...........	84.892

Cimetière de Saint-Ouen (nouveau)

Situation. — Le cimetière de Saint-Ouen (nouveau) est situé sur le territoire des communes de Saint-Ouen et de Saint-Denis. Il est limité au nord, par le chemin de fer de raccordement des Docks de Saint-Ouen, à l'est, par le chemin de la Procession, au sud et à l'ouest, par des prop tés particulières. A l'angle sud-ouest une voie d'accès aménagée à travers une parcelle appartenant à la Ville de Paris, le met en communication avec la route départementale n° 20 de Paris à Epinay.

Superficie. — Sa superficie est de........................ 20h 82a 01c
dont.. 5 20 52

Sont occupés par les bâtiments et chemins

Il ne reste donc pour le service des inhumations qu'une surface de.. 15h 61a 49c

Historique. — Le cimetière de Saint-Ouen (nouveau) fut ouvert par la Ville de Paris, le 1er septembre 1872, pour suppléer à l'insuffisance du cimetière Saint-Ouen (ancien). Il se composait alors de 14 hectares 25 ares 88 centiares. Acquis à l'amiable, de divers propriétaires, à la suite d'un décret d'utilité publique du 28 mai 1872.

Ce décret, commun aux cimetières nouveaux de Saint-Ouen et d'Ivry, mentionne expressément que ces deux cimetières ne peuvent être affectés qu'à des inhumations temporaires ou gratuites. Le cimetière de Saint-Ouen (nouveau) devenu insuffisant par suite de l'ajournement de la solution de la question des cimetières définitifs parisiens, dut être agrandi en 1877. En exécution du décret du 25 septembre 1877, et du jugement d'expropriation du 6 décembre 1877, une surface de 6 hectares 56 ares 13 centiares fut annexée au cimetière et lui donna ses limites actuelles.

Inhumations. — Depuis son ouverture le 1er septembre 1872 jusqu'au 31 décembre 1884, le cimetière de Saint-Ouen nouveau a desservi les arrondissements suivants :

Du 1er septembre 1872 au 31 décembre 1872, les IIe et IXe arrondissements ;

Du 1er janvier 1873 au 28 février 1873, les IIe, IXe, Xe et XVIIIe arrondissements ;

Du 1er mars 1873 au 31 décembre 1873, les IIe, IXe, Xe, XVIIIe et XIXe arrondissements ;

Du 1er janvier 1874 au 31 mars 1876, les IIe, VIIIe, IXe, Xe, XIe, XVIIe, XVIIIe, XIXe et partie du XXe arrondissement ;

Du 1er avril 1876 au 31 décembre 1877, les VIIIe, IXe, XVIIe et XVIIIe arrondissements ;

Du 1er janvier 1878 au 31 juillet 1879, les IIe, VIIIe, IXe, Xe, XIe, XVIIe, XVIIIe, XIXe et partie du XXe arrondissement ;

Du 1er août 1879 au 31 décembre 1879 les IIe, VIIIe, IXe, Xe, XVIIe et XVIIIe arrondissements ;

Du 1er janvier 1880 au 31 août 1881 les VIIIe, IXe, Xe, XVIIe et XVIIIe arrondissements ;

Du 1er septembre 1881 au 9 mars 1882, les VIIIe, IXe, Xe, XVIIe, XVIIIe, XIXe et XXe arrondissements ;

Du 10 mars 1882 au 19 octobre 1882, les VIIIe, IXe, Xe, XVIIe et XVIIIe arrondissements ;

Du 20 octobre 1882 au 30 juin 1883, les VIIIe et XVIIe arrondissements ;

Du 1er juillet 1883 au 30 septembre 1883, les Xe et XVIIIe arrondissements ;

Du 1er octobre 1883 au 15 juillet 1884, les IXe, Xe et XVIIIe arrondissements ;

Du 16 juillet 1884 au 31 décembre 1884, les Xe, XIe et XVIIIe arrondissements ;

Du 1er janvier 1885 au 31 juillet 1885, les Xe, XIe, XVIIIe, XIXe et XXe arrondissements ;

Du 1er août 1885 au 28 février 1886, les IIIe, Xe, XIe, XVIIIe, XIXe et XXe arrondissements ;

Du 1er mars 1886 au 14 novembre 1886, les VIIIe, IXe, Xe, XVIIe et XVIIIe arrondissements ;

Le nombre des inhumations faites dans ce cimetière du 1er septembre 1872 au 14 novembre 1886, est de 189,802.

Savoir :

En concessions temporaires..............................	62.146
En concessions gratuites....................................	127.656
Total.....	189.802

Cimetière Saint-Vincent

Situation. — Le cimetière Saint-Vincent est limité au sud, par la rue Saint-Vincent, à l'est, par la rue des Saules, à l'ouest, par des propriétés particulières, au nord, par un terrain communal détaché du cimetière en exécution de l'arrêté du 18 mai 1883, qui le sépare de la rue Caulaincourt.

Superficie. — Sa superficie est de	59a 40c
dont..	28.40
sont occupés par les bâtiments et chemins.	
Il ne reste donc pour le service des inhumations qu'une surface de..	31.00
dont..	12.17
étaient au 31 décembre 1888, occupés en concessions perpétuelles.	
Le terrain disponible était à cette date de......................	18a 83c

Historique. — Le cimetière Saint-Vincent a été ouvert le 5 janvier 1831, par la commune de Montmartre, pour remplacer l'ancien cimetière établi autour de l'église (voir cimetière du Calvaire), devenu insuffisant.

Il comprenait alors 49 ares 30 centiares acquis de divers propriétaires. Agrandi de 1842 à 1844, il fut porté à une superficie de 89 ares 52 centiares, réduits à 78 ares 89 centiares, par l'élargissement des rues Saint-Vincent et des Saules. Malgré cette extension, il devint à son tour insuffisant et fut remplacé en 1858 par le cimetière Saint-Ouen (ancien) (voir page 108). Au moment de l'annexion de la commune de Montmartre en 1860, qui le fit passer dans le domaine de la Ville de Paris, ce cimetière était fermé sauf aux inhumations dans les concessions perpétuelles délivrées antérieurement. Il en fut de même après l'annexion, sauf pendant la période du siège de Paris, époque à laquelle il fut affecté du 10 septembre 1870 au 19 juin 1871, aux inhumations en concessions temporaires et en tranchée gratuite du XVIIe arrondissement.

L'arrêté réglementaire du 18 novembre 1879 interdit la délivrance de concessions perpétuelles nouvelles dans ce cimetière, tout en permettant aux titulaires des concessions anciennes l'usage de leurs caveaux et terrains.

Enfin, un arrêté du 18 mai 1883 a prescrit la désaffectation de toute la partie nord du cimetière, d'une surface de 19 ares 49 centiares, pour être ultérieurement rendue au commerce. Les tombes qui se trouvaient dans la partie désaffectée ont été transférées dans la partie conservée du cimetière.

Inhumations. — Du 5 janvier 1831 au 31 décembre 1859, le cimetière Saint-Vincent a reçu des inhumations de toute nature, en concessions perpétuelles, conditionnelles, temporaires et gratuites. Depuis le 1er janvier 1860, ainsi qu'il a été dit ci-dessus, sauf la période du 10 septembre 1870 au 19 juin 1871, il ne reçoit plus que des inhumations en concessions perpétuelles.

Le nombre des inhumations faites avant l'annexion s'élève à 12.270.

Savoir :

En concessions perpétuelles	385
En concessions conditionnelles	1.777
En concessions temporaires	227
En concessions gratuites	9.881
Total	12.270

Du 1er janvier 1860 au 31 décembre 1888, ce cimetière a reçu 2,942 inhumations.

SAVOIR :

En concessions perpétuelles	473
En concessions temporaires	913
En concessions gratuites	1.556
TOTAL	2.942
Report des inhumations de l'ancienne commune	12.270
TOTAL GÉNÉRAL des inhumations	15.212

Au moment de l'annexion, il existait dans le cimetière Saint-Vincent 290 concessions perpétuelles : 16 ont été depuis transférées dans d'autres cimetières. Il en reste donc actuellement 274. D'autre part, il y a été délivré 922 concessions nouvelles, ce qui porte à 366 le nombre des concessions perpétuelles existant dans ce cimetière au 1er janvier 1889.

Cimetière de Vaugirard

Situation. Le cimetière de Vaugirard est limité au nord, à l'ouest et à l'est par des propriétés particulières, au sud par la rue Lecourbe sur laquelle se trouve son entrée.

Superficie. — Sa superficie est de	1h 59a 25c
dont	64.03
sont occupés par les bâtiments et chemins	
Il ne reste donc disponible pour le service des inhumations qu'une surface de	95.22
dont	36.14
étaient au 1er janvier 1889 occupés en concessions perpétuelles.	
La surface libre n'est donc plus que de	59a08c

Historique. — Le cimetière de Vaugirard date de 1798, il se composait alors d'un terrain de 1 are 49 centiares donné à la commune par un sieur Parain, et tenant à la rue de Sèvres.

Pour agrandir ce premier enclos, M. Dunepart, maire de la commune de Vaugirard, par acte notarié du 24 septembre 1811, et les époux Desrues, par acte notarié du 26 mai 1816 firent donation à la commune de deux parcelles contiguës, d'une contenance : la première de 4 ares 27 centiares; la seconde d'une contenance de 10 ares 94 centiares.

Par suite de nouveaux agrandissements réalisés en 1828 et en 1853, la surface totale du cimetière fut portée à 1 hectare 58 ares 21 centiares.

Lors de l'annexion de la commune à Paris, le cimetière de Vaugirard, outre les inhumations en concessions perpétuelles, reçut du 1er janvier 1860 au 30 septembre 1861 les inhumations temporaires et gratuites d'une partie du XVe arrondissement.

Du 1er octobre 1861 au 9 septembre 1870 il fut fermée aux inhumations temporaires et gratuites;

Du 10 septembre 1870 au 19 mars 1871 et fut de nouveau affecté aux inhumations temporaires et gratuites provenant des XVe et XVIe arrondissements;

Du 20 mars 1871 au 19 juin suivant, le XVe arrondissement, seul, y envoya ses convois, et une partie seulement de cet arrondissement du 20 juin 1871, au 31 mai 1872;

Du 1er juin 1872 au 31 mars 1879, il fut de nouveau fermé aux inhumations en concessions temporaires et gratuites et ne reçut que les inhumations en concessions perpétuelles;

Ouvert de nouveau le 1er avril 1879, il reçut jusqu'au 31 juillet suivant les inhumations temporaires et gratuites des Ier, V^{e}, VIe, VIIe, XIIIe, XIV et XVe arrondissements;

Le 1er août 1879, il fut définitivement fermé aux inhumations temporaires et gratuites.

Toutefois, depuis 1882, les Invalides, qui précédemment étaient enterrés au cimetière du Sud, sont inhumés en tranchées gratuites dans le cimetière de Vaugirard.

Le registre des inhumations de l'ancienne commune de Vaugirard ne datant que du 1er janvier 1852, on ne peut indiquer le nombre des inhumations effectuées antérieurement à cette époque; mais du 1er janvier 1852 au 31 décembre 1888, le nombre des corps inhumés a été de 21,896.

Savoir :

En concessions perpétuelles	1.223
En concessions trentenaires	56
En concessions temporaires	3.846
En tranchée gratuite	16.771
dont 326 Invalides.	
Total	21,896

Lors de l'annexion, le 1er janvier 1860, il existait dans le cimetière de Vaugirard 506 concessions perpétuelles; depuis le 1er janvier 1860, jusqu'au 31 décembre 1888, il en a été délivré 261, ce qui porte à 767 le nombre des concessions perpétuelles existant à cette date dans le cimetière.

Il y reste, en outre, 42 concessions trentenaires non périmées provenant de l'ancienne commune.

Cimetière de la Villette

Situation. — Le cimetière de la Villette est limité au sud par la rue d'Hautpoul, à l'est par le chemin de fer de ceinture, à l'ouest par des propriétés particulières et au nord par un terrain communal distrait du service des inhumations par arrêté préfectoral du 18 novembre 1879.

Superficie. — Sa superficie est de........................	$1^{h}\,25^{a}\,22^{c}$
dont..	41.15
sont occupés par les bâtiments et chemins.	
Il ne reste donc pour le service des inhumations qu'une surface de..	$84^{a}\,07^{c}$
dont...	20.52
étaient au 31 décembre 1888, occupés en concessions perpétuelles.	
Le terrain disponible mesurait à cette date.......................	$63^{a}\,55^{c}$

Historique. — Le cimetière de la Villette a été créé par la commune de ce nom en 1828 pour remplacer l'ancien cimetière paroissial. Il comprenait alors une surface de 80 ares 85 centiares, acquis de divers propriétaires. Agrandi de 1848 à 1852 en vertu d'un jugement d'expropriation du 22 février 1848 et de contrats amiables, il fut porté à une superficie de 1 hectare 90 ares 74 centiares et servit à toutes les inhumations de la commune de la Villette jusqu'à l'annexion de cette commune à Paris. Après cette annexion, il fut affecté aux inhumations du XIXe arrondissement, mais la vente de concessions perpétuelles nouvelles y fut interdite. Complètement rempli au 31 mars 1867, il fut fermé jusqu'à l'époque du siège de Paris, où il fut réouvert jusqu'en 1873. Fermé à cette date, il fut de nouveau affecté en 1879 aux inhumations temporaires et gratuites de divers arrondissements jusqu'à l'occupation totale des terrains libres qu'il contenait, ce qui arriva le 1er janvier 1880.

A ce moment l'arrêté réglementaire du 18 novembre 1879 ferma définitivement ce cimetière aux inhumations temporaires et gratuites et en retrancha toute la partie nord d'une superficie de 7,208 mètres, destinée à être ultérieurement rendue au commerce. Ce même arrêté autorisa la délivrance de concessions perpétuelles dans la partie conservée du cimetière.

Enfin, du 1er février 1882 au 1er janvier 1888, un emplacement a été affecté dans ce cimetière à l'inhumation des embryons enlevés à domicile par l'Administration, en exécution de la décision préfectorale du 26 janvier 1882.

Inhumations. — La circonscription du cimetière de la Villette a compris successivement les arrondissements suivants :

Du 1er janvier 1860 au 31 mars 1867, le XIXe arrondissement ;

Du 10 septembre 1870 au 19 mars 1871, le XVIIIe arrondissement ;

Du 20 mars 1871 au 19 juin 1871, partie du XIXe arrondissement ;

Du 20 juin 1871, au 31 mars 1872, le XIXe arrondissement ;

Du 1er avril 1872 au 28 février 1873, les XIXe et XXe arrondissements ;

Du 1er avril 1879 au 31 juillet 1879, les IIIe, IVe, XIIe et partie du XXe arrondissements ;

Du 1er août 1879 au 1er janvier 1880, les IIIe, IVe, XIe, XIIe, XIXe et XXe arrondissements ;

On ne peut donner aucun renseignement sur les inhumations faites du temps de l'ancienne commune ; depuis le 1er janvier 1860 jusqu'au 31 décembre 1888, il a été fait dans le cimetière de la Villette 35,793 inhumations :

Savoir :

En concessions perpétuelles..............................	876
En concessions temporaires..............................	5.690
En concessions gratuites..............................	29.227 (1)
Total...........	35.793

Au moment de l'annexion, il existait dans le cimetière de la Villette 175 concessions perpétuelles, depuis le 18 novembre 1879, il en a été délivré 333 autres, soit un total de 508 concessions perpétuelles existant dans ce cimetière au 31 décembre 1888.

(1) Non compris 4,025 ambryons inhumés sans mandats des Maires.

V

Crémation

Ce n'est pas ici le lieu de rechercher où et quand l'usage de la crémation prit naissance et s'il précéda ou suivit l'usage de l'inhumation. On se contentera de rappeler que la pratique de la crémation remonte à la plus haute antiquité, puisque des restes humains incinérés ont été retrouvés dans les cavernes habitées par l'homme de l'époque quaternaire. L'histoire nous enseigne que dès les temps les plus reculés, la crémation était employée pour détruire les cadavres dans l'Inde et dans les grands empires de l'Asie antérieure.

Toute l'antiquité grecque et romaine brûla les corps; mais il faut remarquer que la crémation fut, en quelque sorte, le privilège des classes nobles, par suite des frais énormes qu'entraînait le cérémonial grandiose de l'incinération en Grèce et à Rome.

L'inhumation était, au contraire, l'usage constant des Hébreux; les premiers chrétiens l'adoptèrent, en souvenir de la mise au tombeau de Jésus-Christ, et avec les progrès du christianisme, la pratique de la crémation tomba peu à peu en désuétude pour disparaître complètement vers le IVe siècle de notre ère (1).

(1) Cet usage devait néanmoins s'être encore quelque peu maintenu, au moins dans les campagnes restées païennes, car il existe un capitulaire de Charlemagne, interdisant la crémation sous peine de mort.

L'idée de la crémation ne réapparut qu'en l'an V de la République française.

Dans la séance du 21 brumaire, Daubermesnil, membre du conseil des Cinq-Cents, déposait un projet de loi accordant aux citoyens la liberté de faire brûler leurs morts. Ce projet de loi renvoyé à une Commission ne parvint jamais à un vote définitif.

Deux ans plus tard, sur le rapport du citoyen Cambry, l'un de ses membres, l'Administration centrale du département de la Seine adoptait le 14 floréal an VII, un projet d'arrêté prescrivant la crémation de tous les décédés non destinés à une sépulture particulière qui n'auraient pas, avant leur décès, formulé une volonté contraire à l'incinération.

Quant au mode de procéder, « on confierait à la chimie moderne le soin « de disposer ingénieusement des fourneaux à défaut du bois, devenu si rare ». Ce fut évidemment le défaut d'indications précises sur le moyen pratique d'arriver à l'incinération des corps qui empêcha de donner suite à cet arrêté. En fait, néanmoins, une crémation eut lieu à Paris. Par arrêté du 1er floréal an IX, Frochot, Préfet de la Seine, autorisa la citoyenne Dupré Geneste, épouse du citoyen Lachèse, à brûler le corps de son enfant, âgé de huit mois, en présence de l'agent municipal et de l'inspecteur des inhumations.

Le coup d'État du 18 brumaire, et la réaction religieuse qui le suivit, empêchèrent de donner suite aux projets de substitution de la crémation à l'inhumation ordinaire.

Des faits de crémation ne se présentèrent plus que dans des circonstances exceptionnelles, telles que la destruction par le feu à Montfaucon, en 1814, après la bataille de Paris de quatre mille cadavres, opération renouvelée en 1870 à Sedan.

Après plus d'un demi-siècle d'oubli, une nouvelle campagne en faveur de la substitution de la crémation à l'inhumation fut entreprise vers 1855 par des hygiénistes de plus en plus nombreux, au nom de la salubrité publique.

Le mouvement inauguré en France par le docteur Caffe, vers les commencements du second Empire, ne tarda pas à passer en Italie, où il trouva des apôtres ardents dans MM. les docteurs Coletti, Giro, Du Jardin, Bertani et Castiglioni. En 1869, le Congrès médical de Florence émit à l'unanimité un vote en faveur de la crémation, et en 1873, le nouveau Code sanitaire italien autorisait l'usage de la crémation.

En même temps en Suisse, en Allemagne, en Angleterre, la question était étudiée et des sociétés de propagande en faveur de la crémation se formaient et recrutaient un nombre important d'adhérents, tandis que des ingénieurs et des professeurs tels que MM. Siemens, de Dresde, Polli Clericetti, de Milan et Gorini, de Lodi, présentaient des appareils permettant de procéder sans difficultés et sans dépenses excessives aux incérations.

Lors de la discussion du rapport de M. Hérold sur la question des cimetières parisiens en 1874, M. Vauthier, membre du Conseil municipal proposa par un amendement, d'écarter provisoirement les projets rélatifs à la création de cimetières et d'ouvrir pendant six mois un concours pour la recherche du meilleur procédé propre à l'incinération des corps ou de tout autre système conduisant au même résultat.

Le Conseil, sans se ranger complètement à l'opinion de M. Vauthier, en ce qui concernait l'abandon provisoire des projets de création de cimetières définitifs l'adopta en partie en insérant dans sa délibération du 14 août 1874, l'article 4 suivant :

M. le Préfet est invité à prendre les mesures nécessaires pour ouvrir un concours dont la durée sera de six mois, dans le but de rechercher le meilleur procédé pratique d'incinération des corps ou tout autre système conduisant à un résultat analogue. Le Conseil municipal déterminera ultérieurement le programme et les conditions dudit concours, à la suite duquel il y aura lieu de solliciter des pouvoirs publics une loi autorisant l'usage facultatif de la crémation dans la Ville de Paris.

A la suite de cette délibération, une commission administrative composée de conseillers municipaux et d'hygiénistes fut nommée par arrêté du 15 février 1875 à l'effet d'étudier les conditions et le programme du concours à ouvrir.

Le projet de programme adopté le 15 juillet 1875 comprenait les dispositions suivantes :

Art. 1er. — Le procédé d'incinération ou de décomposition chimique devra assurer la transformation des matières organiques, sans production d'odeur, de fumée, ni de gaz délétères.

Art. 2. — On devra garantir l'identité et la conservation totale et sans mélange des matières fixes.

Art. 3. — Le moyen sera expéditif et économique.

Art. 4. — Il ne sera apporté aucun obstacle à la célébration des cérémonies religieuses de quelque culte que ce soit. . . . .
. . . .

Avant de soumettre ce programme au Conseil municipal, l'Administration crut devoir consulter sur la question générale de la crémation le Conseil d'hygiène et de salubrité.

Ce Conseil, dans sa séance du 25 février 1876, adopta un rapport de M. Troost dont les conclusions étaient les suivantes :

1° Il est possible et même aisé de brûler les corps sans production d'odeur de fumée ni de gaz délétères;

2° Au point de vue de la salubrité, l'incinération peut avoir des avantages sur l'inhumation, surtout dans les conditions où cette dernière est pratiquée en ce qui concerne les fosses communes;

3° L'incinération présenterait les plus graves inconvénients au point de vue des investigations de la justice pour la recherche des crimes.

Ce rapport fut communiqué le 4 mars 1876 par M. le Préfet de police au Conseil municipal.

Sur la proposition de M. Cadet (séance du 13 juillet 1876), une Commission spéciale fut chargée d'examiner à nouveau la question de la crémation. Le rapporteur de cette Commission, M. Level, déposa le 24 mai 1877, un projet de délibération tendant à l'ouverture d'un concours pour le choix d'un système d'incinération à adopter. Renvoyé à la Commission le 3 juillet 1877, ce projet fut remanié et M. Morin (1), dans un rapport du 8 mai 1879 présentait un nouveau projet de délibération à l'effet d'établir au cimetière de l'Est un appareil à crémation du système Siemens et un columbarium. L'Administration était invitée à soumettre au Conseil les plans et devis de cet appareil, et à employer tous les moyens légaux pour arriver à la mise en pratique de la crémation.

Par un rapport complémentaire du 26 juillet 1879, M. Morin, modifiant le projet ci-dessus, demandait l'ouverture d'un concours pour la recherche du meilleur procédé d'incinération des corps et précisait les conditions de ce concours.

Cette proposition était adoptée par le Conseil dans sa séance du 7 août 1879. Au cours de la discussion, une théorie nouvelle avait été énoncée et le Conseil, malgré les réserves de l'Administration, s'y était rallié. M. Morin prétendait qu'une loi n'était pas nécessaire pour autoriser la crémation facultative : qu'en premier lieu, le décret du 23 prairial an XII, n'étant pas une loi, ne pouvait en avoir l'autorité, qu'en second lieu, si ce décret ne parlait que de l'inhumation, c'est qu'il n'était pas question, à cette époque, d'un autre procédé de destruction des corps ; que nulle loi ne prohibant expressément la crémation, celle-ci était permise, sauf observation du règlement de police rentrant dans la compétence des autorités administratives.

Dans une lettre du 18 février 1880, adressée à M. Morin, M. Lepère, Ministre de l'Intérieur, déclarait, en effet, que la question était exclusivement du ressort du Préfet de la Seine qui n'avait pas besoin de l'autorisation du Ministre pour donner suite au vœu du Conseil municipal.

Mais par lettre du 25 juin 1880, M. Constans, Ministre de l'Intérieur, informait l'Administration que, d'acord avec M. le Ministre de la Justice, il avait reconnu que le décret de prairial interdisait absolument tout mode de destruction des corps autre que l'inhumation, c'est-à-dire le dépôt des corps

(1) M. Morin étant décédé en 1888 avant la promulgation du règlement d'administration publique relatif à la crémation facultative, ses restes, d'après sa volonté formellement exprimée, ont été transportés à Milan par les soins de ses exécuteurs testamentaires, et incinérés dans l'appareil crématoire de cette ville.

et leur consomption dans la terre; que ce décret ayant force de loi, une loi nouvelle était nécessaire pour en modifier les dispositions et permettre la mise en pratique de la crémation, même à titre d'essai.

Cette lettre, ainsi que celle de M. le Ministre de la Justice furent communiquées au Conseil dans la séance du 29 juin 1880 et renvoyées à la deuxième Commission. M. Morin, dans son rapport du 26 juillet suivant, conclut au maintien de la délibération du 7 août 1879, en y ajoutant que dans le cas où le Gouvernement persisterait dans l'opinion que la crémation doit être autorisée par une loi, le Conseil l'invitait à présenter une loi en ce sens.

Cette délibération fut adoptée par le Conseil le 19 octobre 1880, avec une disposition additionnelle présentée par MM. de Lanessan et Bourneville, invitant l'Administration à obtenir que des expériences de crémation pussent-être faites à l'aide des corps qui servent aux études médicales.

Transmise le 24 décembre 1880 à l'Administration supérieure par M. le Préfet Hérold, qui s'y associait énergiquement, cette proposition fut rejetée par le Gouvernement, qui décida le 15 février 1881, qu'une loi était nécessaire aussi bien pour l'incinération des débris d'hôpitaux que pour la crémation des corps; que, pour cette dernière, la question soulevée par le Conseil municipal de Paris n'était ni assez étudiée par la science ni assez réclamée par l'opinion publique pour que le Gouvernement prît la responsabilité de la soulever devant le Parlement.

A défaut d'un projet de loi émanant du Gouvernement, une proposition émanant de l'initiative parlementaire fut déposée à la Chambre des députés le 8 août 1882; mais cette proposition ne put arriver en rang utile à l'ordre du jour avant l'expiration du mandat de l'Assemblée.

Malgré ces échecs successifs, le Conseil ne se découragea pas. Dans sa délibération du 31 mars 1882, il renouvela les vœux précédemment émis en faveur de la crémation facultative et invita l'Administration à faire toutes les démarches nécessaires : 1° pour que le Gouvernement saisît les Chambres d'un projet de loi en ce sens, et 2° pour obtenir, en attendant l'autorisation, d'opérer la crémation des débris provenant des amphithéâtres de dissection.

Par une autre délibération du 16 février 1883, le Conseil invitait l'Administration à lui soumettre les plans et devis d'un monument crématoire du système Siemens à établir au cimetière de l'Est.

Enfin, dans sa délibération du 28 juin 1883, relative à la création des cimetières de Bagneux et de Pantino, il renouvelait encore le vœu émis en faveur de la crémation facultative.

Peu de temps après cette dernière délibération, l'apparition en Égypte du choléra asiatique faisant craindre l'invasion de Paris par ce fléau, le Conseil par une délibération du 11 juillet 1883, invita l'Administration à faire les démarches nécessaires auprès du Gouvernement pour que la Ville de Paris fût autorisée à construire dans les trois cimetières de Paris des appareils crématoires ne devant être utilisés qu'en cas d'épidémie.

L'épidémie cholérique qui sévit en 1884 dans le midi de la France et qui s'étendit, avec une faible intensité, il est vrai, jusqu'à Paris, renouvelant les craintes de l'année précédente, l'Administration municipale insista auprès de l'Administration supérieure pour obtenir une décision dans le sens de la délibération qui précède. M. le Ministre de l'Intérieur fit savoir le 14 juillet 1884, que le Conseil d'hygiène s'était prononcé contre cette proposition, en raison, notamment des dangers que présenterait au point de vue medico-légal, la crémation des corps en temps d'épidémie, par suite de la similitude des symptômes d'un certain nombre d'intoxications et des accidents cholériformes.

Mais, d'autre part, le Conseil d'hygiène, consulté sur la question de l'incinération des débris humains provenant des amphithéâtres de dissection, avait émis un avis favorable.

Par suite de cet avis, M. le Ministre de l'Intérieur, déclara le 21 mars 1885, ne pas s'opposer à l'incinération de ces débris pourvu que les appareils crématoires ne fussent établis qu'à titre d'expérience et pourvu que l'emplacement de ces appareils fût approuvé par le Comité consultatif d'hygiène de France.

A la suite de la délibération du 16 février 1883, l'Administration avait chargé MM. Bartet, ingénieur en chef des promenades et plantations, et Formigé, architecte de la Ville, de l'étude d'un édifice funéraire muni d'un appareil crématoire, à établir au cimetière de l'Est.

Après études faites sur place en Italie et en Allemagne des appareils crématoires existants, dont les descriptions reproduites dans les livres et brochures, ne leur paraissaient pas suffisamment précises, MM. Bartet et Formigé présentèrent un projet conçu d'après le système Gorini, employé à Milan, qui leur avait paru supérieur au système Siemens, utilisé à Gotha. Leur projet soumis au Comité consultatif d'hygiène de France et approuvé par ce Comité, au point de vue de l'emplacement choisi et du système adopté, fut, sur le rapport de M. Chassaing, accepté par le Conseil municipal qui, par délibération en date du 25 juillet 1885, vota les crédits nécessaires à l'exécution immédiate de la partie du projet restreinte à l'incinération des débris d'hôpitaux.

M. le Préfet de police, par ordonnance du 28 juillet 1885, modifia en vue de l'incinération des débris d'hôpitaux, les prescriptions de l'ordonnance de police du 25 novembre 1834.

En conséquence, les travaux furent immédiatement entrepris; et, suivant le plan adopté par le Conseil, M. Formigé édifia au cimetière de l'Est un monument crématoire, dont la première partie a été terminée à la fin de 1887. Ce monument occupe le centre de la 87e division, qui est tout entière affectée, soit à ses développements ultérieurs, soit à ses dépendances et à des massifs ou plantations.

Dans son état actuel, le monument crématoire n'a que le tiers environ de la surface qu'il doit avoir définitivement, c'est la partie destinée à recevoir les appareils d'incinération, avec une galerie de dégagement en avant, qui est construite.

La salle où le public doit se tenir pendant les cérémonies, toujours un peu longues, quel que soit le système adopté, va être construite prochainement.

La disposition architecturale adoptée par la Ville de Paris, offre un intérêt spécial qui, nous le croyons, satisfait entièrement aux sentiments du public : le rez-de-chaussée, ou plutôt l'étage en soubassement, est réservé au dépôt du combustible et aux ouvriers chauffeurs; le rez-de-chaussée contient la salle du public et le catafalque. C'est bien dans ce catafalque, qui est sous les yeux de la famille, que s'opère l'incinération. Tandis qu'à Milan le four est dissimulé derrière une paroi de la salle du public, ou qu'à Gotha le catafalque sert à cacher la descente du corps, qui est transporté plus loin pour être incinéré et dont les cendres sont rapportées dans le catafalque, au crématoire de Paris, la famille ne quitte pas les restes de ses morts et peut à tous les instants s'assurer que toutes les convenances désirables sont délicatement observées.

Cette disposition ayant été assez difficile à résoudre méritait d'être signalée.

Le seul appareil crématoire installé jusqu'ici est placé sous la voûte de gauche, c'est un four du système Gorini usité à Milan et d'une disposition très simple. Deux expériences de crémation ont été effectuées en 1887 dans ce four : la première le 22 octobre en présence seulement de M. Chassaing, vice-président du Conseil municipal et de Chefs de service de l'Administration, la deuxième le 15 décembre en présence du Conseil municipal tout entier, de représentants de la presse et de délégués de la Commission d'assainissement des cimetières et de la Société de Crémation de Paris. Dans la première expérience, deux corps ont été incinérés, et trois dans la deuxième expérience ces corps étaient des cadavres non réclamés provenant des hôpitaux, et amenés de l'amphithéâtre de la Faculté de médecine .

Les résultats de ces expériences ont été identiques : les corps introduits dans l'appareil crématoire ont été complètement brûlés, dans un espace de temps variant entre 1 heure 3/4 et 2 heures et réduits en cendres extrêmement blanches, sans aucun mélange de matières carbonisées, sans odeur et sans fumée.

Malgré ces résultats entièrement conformes à ceux obtenus à Milan avec un appareil analogue, l'impression produite par ces expériences n'a pas été absolument satisfaisante pour quelques-uns des assistants. C'est qu'en cette matière, connue seulement au point de vue théorique, il s'était formé à l'avance une opinion générale peu conforme à la réalité des faits. On pensait qu'il était facile de convertir en un laps de temps très court un cadavre humain en une matière pulvérulente, recueillie dans une enveloppe d'amiante incombustible. Or, l'expérience a démontré :

1° Qu'une incinération demande pour être complète, quel que soit le système adopté, un laps de temps assez long. Il faut en effet, tenir compte de ces circonstances : *a)* que le corps humain contient une quantité énorme d'eau (80 0/0 du poids total) qui doit préalablement être évaporée, avant la combustion des matières solides ; *b)* que les parties les plus difficiles à réduire (foie, cœur, poumons), sont protégées par la cage thoracique qui doit préalablement être détruite, et qu'ensuite il faut brûler par couches superposées, de la périphérie au centre, chacune des cellules autonomes qui composent ces viscères, et qui ne se détruisent que l'une après l'autre (1) et après un temps assez long.

2° Que le mot *cendres* employé vulgairement pour désigner les produits de la crémation, contribue à donner une idée fausse du résultat de l'opération en faisant croire à la production d'une matière pulvérulente ne rappelant en rien la forme du cadavre.

En fait, dans la crémation, les matières animales sont détruites entièrement sans résidu, les matières minérales qui forment les os, dépouillées de leurs parties médullaires, deviennent poreuses et friables, mais gardent leur forme de telle sorte que le squelette calciné mais entier se dessine sur la sole d'incinération.

3° Que la toile d'amiante, exposée à ces hautes températures, ne se brûle pas, mais se désagrège, et ne peut plus être utilisée pour envelopper les résidus de la crémation.

A la suite des expériences ci-dessus relatées, et en vue d'obtenir s'il était possible, des résultats plus complets, notamment au point de vue de la diminution de la durée de l'opération, des études ont été poursuivies, pendant tout

(1) Dans des expériences faites sur des moutons, soumis dans un four industriel à une température évaluée à 1.200°, les viscères ayant été retirés une heure après l'introduction, il a été constaté que la partie extérieure était absolument carbonisée, tandis que l'intérieur, séparé avec un couteau laissait échapper du sang.

le cours de l'année 1888, par un Comité spécial composé de Conseillers municipaux et présidé par M. le docteur Chassaing : divers projets présentés par plusieurs inventeurs ont été examinés et expérimentés concurremment avec l'appareil de la Ville de Paris : il résulte de ces études que, moyennant quelques modifications de détail, cet appareil peut aussi bien, sinon mieux, que ceux existant à l'étranger, servir à l'incinération des corps. En même temps l'Administration étudiait les améliorations à apporter à l'appareil, notamment en ce qui concerne les procédés d'introduction des corps et de retrait des cendres. Il y a lieu d'observer, en effet, que cette opération constitue une des plus grosses difficultés pratiques de l'incinération, pour être effectuée avec la décence indispensable. En fait, outre les débris humains employés pour les nombreuses expériences faites en 1888, l'appareil a été utilisé depuis le 1er janvier 1889 pour trois incinérations de corps, autorisées par décisions spéciales de M. le Ministre de l'Intérieur, savoir :

Le 30 janvier 1889 : incinération du corps de M. Jacoby (Paul) ;

Le 15 février 1889 : incinération de Mme veuve Moussart ;

Le 10 avril 1889 : incinération de M. le docteur Bricon.

En droit, dans l'intervalle entre la première et la deuxième expérience de crémation à l'appareil du cimetière de l'Est, un fait considérable est intervenu. La loi du 15 novembre 1887 sur la liberté des funérailles a autorisé les citoyens à choisir un mode de sépulture autre que l'inhumation. Par conséquent, les obstacles légaux qui s'opposaient à la mise en pratique de la crémation facultative n'existent plus (1).

Toutefois, aux termes de l'article 3 de la loi précitée, un règlement d'administration publique doit préalablement intervenir pour déterminer les conditions applicables aux divers modes de sépulture.

Ce règlement vient d'être promulgué (27 avril 1889), en voici la teneur en ce qui concerne la crémation :

(1) Pour les détails de ces études et l'exposé complet de l'état actuel de la question de la crémation, on ne peut que renvoyer à l'intéressante note publiée récemment par M. Chassaing, conseiller municipal. (Conseil municipal, rapport n° 5 de 1889.)

TITRE III

DE L'INCINÉRATION

Art. 16. — Aucun appareil crématoire ne peut être mis en usage sans une autorisation du préfet accordée après avis du Conseil d'hygiène.

Art. 17. — Toute incinération est faite sous la surveillance de l'autorité municipale. Elle doit être préalablement autorisée par l'officier de l'état civil du lieu du décès, qui ne peut donner cette autorisation que sur le vu des pièces suivantes :

1° Une demande écrite du membre de la famille ou de toute autre personne ayant qualité pour pourvoir aux funérailles ; cette demande indiquera le lieu où doit s'effectuer l'incinération ;

2° Un certificat du médecin traitant, affirmant que la mort est le résultat d'une cause naturelle ;

3° Le rapport d'un médecin assermenté commis par l'officier de l'état civil pour vérifier les causes du décès.

A défaut de certificat d'un médecin traitant, le médecin assermenté doit procéder à une enquête sommaire dont il consignera les résultats dans son rapport.

Dans aucun cas, l'autorisation ne peut être accordée que si le médecin assermenté certifie que la mort est due à une cause naturelle.

Art. 18. — Si l'incinération doit être faite dans une autre commune que celle où le décès a eu lieu, il doit en outre être justifié de l'autorisation de transporter le corps conformément à l'art. 4.

Art. 19. — La réception du corps et son incinération sont constatées par un procès-verbal qui est transmis à l'autorité municipale.

Art. 20. — Les cendres ne peuvent être déposées, même à titre provisoire, que dans des lieux de sépulture régulièrement établis.

Toutefois, les dispositions des art. 12 à 15 ne sont pas applicables à ces dépôts (1).

Art. 21. — Les cendres ne peuvent être déplacées qu'en vertu d'une permission de l'autorité municipale.

Art. 22. — Toute contravention aux dispositions réglant les conditions des sépultures et contenues dans les articles 3, 4, 8, § 2, 16, 17, 18, 20 et 21, est passible des peines prévues aux articles 3 et 5, de la loi du 15 novembre 1887.

(1) Ces articles sont relatifs aux dimensions des fosses en cas d'inhumation.

Par suite de la promulgation de ce décret, la crémation est entrée dans la phase pratique. Il reste maintenant à déterminer les conditions financières des incinérations à faire dans l'appareil du Père La Chaise et le règlement spécial au fonctionnement de cet appareil.

L'Administration a saisi le Conseil municipal de propositions à cet égard (1), tout fait présumer qu'avant peu ces questions seront définitivement réglées et qu'à Paris, du moins, la crémation fonctionne a parallèlement à l'inhumation, comme moyen de destruction des cadavres.

(1) Ces lignes sont écrites en juin 1889.

Table des Matières

Pages

9711.4 — Imprimerie A. MAULDE et Cie, rue de Rivoli, 144.

www.ingramcontent.com/pod-product-compliance
Ingram Content Group UK Ltd.
Pitfield, Milton Keynes, MK11 3LW, UK
UKHW020314180726
13839UKWH00001B/464